成語

1000例

自測

商務印書館

成語自測 1000 例

作　　者：商務印書館編輯部

責任編輯：趙　梅

封面設計：張　毅

出　　版：商務印書館（香港）有限公司
　　　　　香港筲箕灣耀興道 3 號東滙廣場 8 樓
　　　　　http://www.commercialpress.com.hk

發　　行：香港聯合書刊物流有限公司
　　　　　香港新界大埔汀麗路 36 號中華商務印刷大廈 3 字樓

印　　刷：中華商務彩色印刷有限公司
　　　　　香港新界大埔汀麗路 36 號中華商務印刷大廈

版　　次：2016 年 6 月第 1 版第 2 次印刷
　　　　　© 2012 商務印書館（香港）有限公司
　　　　　ISBN 978 962 07 0337 9
　　　　　Printed in Hong Kong

版權所有，不准以任何方式，在世界任何地區，
以中文或其他文字翻印、仿製或轉載本書圖版和
文字之一部分或全部。

目 錄

一、最常寫錯的成語

開門依盜	失之東偶，收之桑榆

養尊處尤	阿諛逢承	哀而不喪
哎聲歎氣	愛屋及鳥	安份守己
按圖索冀	暗度陳倉	暗然神傷
罷絀百家	白璧微瑕	
百軻爭流	百尺杆頭	百廢具興

開門揖盜

失之東隅，收之桑榆

養尊處優

阿諛奉承

哀而不傷

唉聲歎氣

愛屋及烏

安分守己

按圖索驥

暗渡陳倉

黯然神傷

暗：光線不足。黯：形容臉色無光。"黯然"表示感傷。

罷黜百家

黜：罷免、革除。絀：不足夠。

白璧微瑕

璧：扁圓形的玉器，中間有孔，也是玉的通稱。壁：牆壁，古代的牆壁多用土砌成。

百廢俱興

具：具有，如"具備、初具規模"。俱：都、全。"百廢俱興"指許多已荒廢的事業都有待重新興辦建設。

百舸爭流

百尺竿頭

百戰不怠

俾官野史

搬師回朝

抱新救火

暴劣恣睢

杯水車新

卑躬曲膝

本末到置

背景離鄉

標柄千古

別出機抒

別出心材

杉杉有禮

兵慌馬亂

并駕齊驅

病入高肓

不敢夸同

不既不離

不涇之談

4

19

百戰不殆

殆：危險。怠：疲倦。"知己知彼，百戰不殆"意思是作戰多次也不會失敗。

稗官野史

俾：使(達到某种效果)。稗官：古代一種很小的官職，專給帝王搜集街談巷議論，道聽途說，以供省覽，後稱小說或小說家為稗官。

班師回朝

抱薪救火

薪：木材。"抱薪救火"抱着木材去撲火，結果火越來越大。比喻方法不當。

暴戾恣睢

卑躬屈膝

"屈""曲"都有彎曲的意思，屈：彎曲的動作；曲：形容形狀不直。

杯水車薪

背井離鄉

景：陽光。井：水井，引申指鄉里。"背"在這裏的意思是"離開"。

本末倒置

彪炳千古

別出機杼

別：另外；機杼：織布機。"別出機杼"比喻寫作不因襲前人，開闢新路。

別出心裁

彬彬有禮

兵荒馬亂

並駕齊驅

病入膏肓

不敢苟同

不即不離

既：本義已經吃完食物，有完結、已經的意思。即：本義是人靠近盛食物的器皿，有接近、接觸的意思。"不即不離"指不親近也不疏遠。

不經之談

不可思義

不另賜教

不可向爾

不良不莠

不落顆舊

不平則明

不為己甚

不孝子孫

不修邊福

不預之事

不預之譽

材疏學淺

蠶食驚吞

燦然一笑

蒼海橫流

蒼海一栗

臧龍臥虎

測隱之心

藏污納詬

層巒迭障

不可思議

不吝賜教

不可向邇

邇：近。"不可向邇"指不可接近。

不稂不莠

稂：狼尾草；莠：狗尾草。"不稂不秀"本指禾苗中無野草，後喻人不成才，沒出息。

不落窠臼

窠：鳥獸的窩。臼：一種中間凹下的舂米器具。窠臼：比喻老套子，舊框框。

不平則鳴

鳴：發出聲音，指有所抒發或表示。"不平則鳴"謂遇到不公正的待遇，就要發出不滿的呼聲。

不為已甚

不肖子孫

不修邊幅

邊幅：本指布帛的邊緣，比喻儀表、衣着、生活作風。

不虞之事

才疏學淺

不虞之譽

蠶食鯨吞

"蠶食鯨吞"指像蠶食桑葉，鯨吞食物。比喻侵佔併吞。

粲然一笑

"燦然"形容明亮。"粲然"形容笑的時候露出牙齒的樣子。

滄海橫流

滄海：指大海；橫流：指水向四方奔流。比喻政治混亂，社會動盪不安。

滄海一粟

藏龍臥虎

惻隱之心

藏污納垢

詬：大罵，跟言語有關。垢：髒東西，跟塵土有關。

層巒疊嶂

疊：本義是重疊，多指空間上相加或重合。迭：本義是更替，多指時間上前後交替。

草管人命	查言觀色	纏綿緋惻
長歌擋哭	常年累月	廠開心扉
	撤頭撤尾	陣陣相因
癡男愿女	抽新止沸	酬躇滿志
出爾返爾	卓卓有餘	從惡如塥
粗製爛造		錯采縷金
大澈大悟	大放倔詞	
		大腹變變
大氣晚成	大巧若絀	大相徑挺
大展洪圖	待價而估	憚精竭慮

草菅人命

察言觀色

纏綿悱惻

長歌當哭

長歌：長聲歌詠，也指寫詩；當：當作。用長聲歌詠或寫詩文來代替痛哭，藉以抒發心中的悲哀。…

長年累月

敞開心扉

徹頭徹尾

陳陳相因

癡男怨女

抽薪止沸

躊躇滿志

出爾反爾

綽綽有餘

綽綽：寬裕的樣子。"綽綽有餘"形容非常寬裕，富裕。

從惡如崩

粗製濫造

錯彩鏤金

錯：塗飾；鏤：刻。塗繪五彩，雕刻金銀，裝飾得十分工麗。形容文學作品辭彙絢爛。

大徹大悟

"澈"意思是水清。"徹"意思是通、透。"徹悟"指徹底覺悟、明白。

大放厥詞

厥，其，代詞，他的。"大放厥詞"指鋪張詞藻或暢所欲言。

大腹便便

大器晚成

大巧若拙

大相徑庭

大展宏圖

待價而沽

殫精竭慮

單食瓢飲

搗戈相向

道路一目

刁蟲小技

得龍望蜀

得魚忘全

吊虎離山

頂禮莫拜

東施效頻

獨僻蹊徑

囤集居奇

俄冠博帶

耳鬢斯磨

扼手稱慶

爾娛我詐

法網灰灰

繁文溽節

斐聲海外

分道揚標

方銳圓鑿

紛至踏來

風靡一時

簞食瓢飲

簞：古代盛飯用的圓形竹器。"簞食瓢飲"指一簞的食物，一瓢的水，形容指貧苦簡單的生活。

倒戈相向

道路以目

得隴望蜀

隴：指甘肅一帶；蜀：指四川一帶。"得隴望蜀"指已經取得隴右，還想攻取西蜀，比喻貪得無厭。

得魚忘筌

筌：竹子編成的捕魚的工具。

雕蟲小技

雕：雕刻；蟲：指鳥蟲書，古代漢字的一種字體。比喻小技或微不足道的技能。

調虎離山

頂禮膜拜

東施效顰

效：仿效；顰：皺眉頭。"東施效顰"指東施模仿西施皺眉頭。

獨闢蹊徑

囤積居奇

峨冠博帶

耳鬢廝磨

爾虞我詐

爾：你；虞：欺騙。你欺騙我，我欺騙你。彼此互相玩弄手段。

額手稱慶

"額手稱慶"指以手加額，表示慶幸。

法網恢恢

繁文縟節

方枘圓鑿

比喻兩件事不相容，或者比喻事情不可能。

蜚聲海外

分道揚鑣

紛至沓來

風靡一時

風聲鶴淚

風雨如悔

風雲集會

婦唱夫隨

浮想連翩

斧底抽薪

付之一拒

甫車相依

附傭風雅

負偶頑抗

赴湯滔火

富麗堂黃

改斜歸正

剛腹自用

高贍遠矚

甘之如怡

高枕無優

革故頂新

功虧一匱

勾魂懾魄

勾心鬥腳

估名釣譽

固若金燙

固步自封

風聲鶴唳

風雨如晦

晦：夜晚，昏暗。悔：後悔，悔恨。"風雨如晦"指又颳風，又下雨，天色昏暗得像夜晚一樣。比喻動亂或黑暗的年代。

風雲際會

風雲：比喻難得的機會；際會：遇合。而"集會"指一定人員的聚集活動。

夫唱婦隨

"夫唱婦隨"指妻子跟着丈夫走。

浮想聯翩

釜底抽薪

釜：古代的做飯工具，相當於現在的鍋。薪：柴子。"釜底抽薪"把柴火從鍋底抽掉，比喻從根本上解決問題。

輔車相依

輔：頰骨；車：齒牀。"輔車相依"指頰骨和齒牀互相依靠，比喻兩者關係密切，互相依存。

付之一炬

附庸風雅

負隅頑抗

赴湯蹈火

富麗堂皇

改邪歸正

甘之如飴

甘：甜，引申為情願、樂意；飴：麥芽糖。"甘之如飴"指喜歡從事某種工作，甘願承受艱難、痛苦。

剛愎自用

高瞻遠矚

高枕無憂

革故鼎新

功虧一簣

勾魂攝魄

勾心鬥角

沽名釣譽

固若金湯

故步自封

13

故弄懸虛

顧名思意

鬼鬼崇崇

汗留浹背

炕瀣一氣

好整以假

和顏月色

和忠共濟

鶴發童顏

河轍之鮒

胡攪瞞纏

14

糊作非為

虎據龍盤

懷壁其罪

懷瑾握玉

黃樑一夢

毀家抒難

怙惡不俊

故弄玄虛

顧名思義

鬼鬼祟祟

祟：本義是高大，引申為重視、尊重。祟：本指鬼怪出來害人，引申為行為不端、不光明磊落。兩字形近容易寫錯。

汗流浹背

沆瀣一氣

好整以暇

和顏悅色

和衷共濟

涸轍之鮒

涸：乾；轍：車輪輾過的痕跡；鮒：鯽魚。水乾了的車溝裏的小魚。"涸轍之鮒"比喻在困境中急待援救的人。

鶴髮童顏

胡攪蠻纏

胡作非為

虎踞龍盤

踞：蹲或坐；盤：盤繞。"虎踞龍盤"指南京城像猛虎蹲在西面；鐘山像蛟龍盤繞在東面，形容地勢險要。

懷璧其罪

"懷璧其罪"指身藏璧玉，因此獲罪。

懷瑾握瑜

瑾、瑜：美玉。

黃粱一夢

樑：房樑；粱：小米。這個成語出自一典故，說的是一個書生枕着道士給的枕頭入睡，夢中得享榮華富貴，醒來時，店家的小米飯都還沒有熟。

毀家紓難

紓：表達、抒發。紓：紓解、排除。"紓難"就是減輕困難。

怙惡不悛

悔人不倦

既往開來

即往不咎

計日成功

加官進爵

艱苦綽絕

嬌奢淫逸

膠住鼓瑟

狡兔三哭

驕揉造作

接長補短

金榜提名

金甌無缺

進退維穀

禁若寒蟬

精兵減政

驚濤核浪

開誠布公

鞠躬盡萃

居心巨測

誨人不倦

繼往開來

既往不咎

既：已經發生或存在的；既往：以往。此處不能用"繼往"。繼：繼承過往的。

計日程功

程：計算。"計日程功"指可以數着日子計算進度，形容在較短期間就可以成功。

加官晉爵

艱苦卓絕

驕奢淫逸

狡兔三窟

窟：洞穴。"狡兔三窟"指狡猾的兔子有三個洞穴。

膠柱鼓瑟

柱：瑟上調節聲音的短木。瑟：一種古樂器。"膠柱鼓瑟"是用膠把柱黏住以後奏琴，柱不能移動，就無法調弦。比喻固執拘泥，不知變通。

矯揉造作

"矯"是把彎的東西弄直。"揉"是把直的東西弄彎。"矯揉"指改變原來的樣子，表現不自然。意思同"造作"。

截長補短

金甌無缺

金榜題名

提名：提出後備人選。題名：寫上名字。"金榜題名"就是名字寫在了錄取榜上。

進退維谷

驚濤駭浪

鞠躬盡瘁

噤若寒蟬

開誠佈公

指以誠心待人，坦白無私地亮出自己的見解。

精兵簡政

減：減少，從原有的數量中去掉一部分。簡：簡化，使原來的機構合併。

居心叵測

開源截流

開宗明意

可見一班

刻勤刻儉

克紹其求

刻鵠類鶩

克骨銘心

克舟求劍

孤木逢春

口啤載道

夸張其詞

老驥伏歷

禮賢下仕

禮上往來

鯉耀龍門

廖廖無幾

另辟蹊徑

龍吟虎笑

寥若辰星

龍舟競度

冒天下之大不諱

開源節流

開宗明義

可見一斑

克勤克儉

刻：本義是雕刻，引申為程度深等義。克：本義是戰勝、攻克，引申為克服、克制、能等義。在此處，"克"是"能"意思。

克紹箕裘

克：能刻；紹：繼承；箕：揚米去糠的竹器；裘：冶鐵用來鼓氣的風裘。"克紹箕裘"比喻能繼承父、祖的事業。

刻鵠類鶩

刻骨銘心

刻舟求劍

口碑載道

口碑，比喻眾人口頭稱頌像文字刻在碑上一樣；載，充滿；道，道路。形容民眾到處都在稱讚。

枯木逢春

夸張其辭

老驥伏櫪

櫪：馬槽，養馬的地方。"老驥伏櫪"比喻有志向的人雖然年老，仍有雄心壯志。

禮尚往來

尚：注重。"禮尚往來"指在禮節上講究有來有往。

禮賢下士

鯉躍龍門

寥寥無幾

寥若晨星

辰：日、月、星的統稱。"寥若晨星"意思是說，稀少得好像早晨天上的星星。

另闢蹊徑

龍吟虎嘯

龍舟競渡

冒天下之大不韙

滿目創痍

貌和神離

棉裏藏針

名不符實

名符其實

名列前矛

明查秋毫

名躁一時

摩肩接踵

沐猴而灌

砰然心動

批漏百出

朋比為姦

蚍蜉憾樹

牡雞司晨

棄暗頭明

千里共蟬娟

前踞後恭

潛驢技窮

搶詞奪理

強努之末

滿目瘡痍

形容受到嚴重破壞的景況。瘡痍，創傷。

貌合神離

表面關係密切，而實際懷着兩條心。

綿裏藏針

名不副實

名副其實

副：相稱，相符合。

名列前茅

明察秋毫

名噪一時

噪：群鳴。"名噪一時"指一時名聲很大。

摩肩接踵

沐猴而冠

沐猴：獼猴；冠：戴帽子。"沐猴而冠"指猴子穿衣戴帽，究竟不是真人。比喻本質不好，而裝扮得很像樣。

怦然心動

紕漏百出

朋比為奸

互相勾結做壞事。（不止兩方）

蚍蜉撼樹

蚍蜉：螞蟻；撼：搖動。"蚍蜉撼樹"比喻力量很小而妄想動搖強大的事物，自不量力。

牝雞司晨

牝：雌性的。牡：雄性的。"牝雞司晨"指母雞報曉，比喻婦女竊權亂政。

棄暗投明

千里共嬋娟

強詞奪理

前倨後恭

踞：蹲，坐；倨：傲慢。"前倨後恭"指以前傲慢，後來恭敬，形容對人的態度改變。

黔驢技窮

強弩之末

21

巧言另色

窮兵瀆武

窮奢極欲

瓊漿玉液

曲指可數

催吉避凶

雀巢鳩佔

惹事生非

人心慌慌

人言寂寂

22

如船巨筆

如發泡製

如哽在喉

色厲內任

殺雞敬猴

殺羽而歸

珊珊來遲

上援下催

少縱即逝

慎時度勢

聲名暇邇

聲嘶力揭

死位素餐

食不裹腹

巧言令色

窮兵黷武

窮：竭盡；黷：隨便，任意。"窮兵黷武"指隨意使用武力，不斷發動侵略戰爭。

窮奢極慾

瓊漿玉液

屈指可數

趨吉避凶

鵲巢鳩佔

"鵲巢鳩佔"指斑鳩不會做窠，常強佔喜鵲的窠。故不能用"麻雀"的"雀"。

惹是生非

人心惶惶

人言藉藉

如椽巨筆

椽：椽子，房樑。從形狀上來看，筆的形狀只可能像椽子，而不可能像小船。

如法炮製

色厲內荏

如鯁在喉

鯁：骨頭。

23

殺雞儆猴

儆：讓人自己覺悟而不再犯錯。敬：尊敬。"殺雞儆猴"比喻懲罰一個人來儆戒另外的人。

鎩羽而歸

上援下推

姍姍來遲

"珊"只用在"珊瑚"一詞中。"姍姍"形容走路緩慢從容的姿態。

稍縱即逝

審時度勢

聲名遐邇

聲嘶力竭

尸位素餐

食不果腹

手屈一指

失志不移

受受不親

數點忘祖

死心蹋地

死有餘孤

貪髒枉法

壇花一現

韜光養悔

題綱挈領

桃李不言，下自成溪

天網灰灰

同牀二夢

投鼠記器

荼毒生靈

圖窮必現

頭昏目炫

外強中幹

原璧歸趙

萬籟有聲

望羊興歎

危如纍卵

惟惟諾諾

矢志不移

發誓立志，永不改變。

首屈一指

授受不親

受：本義是給予，這個意義後來有"授"來表示。受：現代的意義是"接受"。授：給予。

數典忘祖

典：典籍，指古代的禮制、歷史，比喻忘本。"數典忘祖"比喻對本國歷史無知。

死心塌地

死有餘辜

貪贓枉法

曇花一現

韜光養晦

桃李不言，下自成蹊

蹊：路。"桃李不言，下自成蹊"原意是桃樹雖然不說話，但因它有花和果實，人們在它下面走來走去就成了一條小路。

提綱挈領

天網恢恢

同牀異夢

投鼠忌器

頭昏目眩

炫：光線晃眼；眩：眼睛昏花。

荼毒生靈

圖窮匕現

外強中乾

完璧歸趙

萬籟有聲

望洋興歎

危如累卵

唯唯諾諾

尾大不吊

蔚謂大觀

聞道於盲

翁聲翁氣

翁中捉鱉

烏煙障氣

五典三焚

向偶而泣

假不掩瑜

削足試履

心轅意馬

懸梁刺股

形消骨立

鴉鵲無聲

嚴懲不待

揚湯止佛

仰視俯畜

一爆十寒

遙如黃鶴

一詞莫贊

一成不染

一夫擋關

一望無銀

意興闌姍

尾大不掉

掉：搖動。吊：懸着。"尾大不掉"的本義是尾巴太大，就不好搖動。

蔚為大觀

問道於盲

甕聲甕氣

甕中捉鱉

烏煙瘴氣

五典三墳

瑕不掩瑜

比喻缺點掩蓋不了優點，優點是主要的，缺點是次要的。

向隅而泣

削足適履

適：適應。試：嘗試。"削足適履"本義指因為鞋小腳大，就把腳削去一塊來湊和鞋的大小。

心猿意馬

形銷骨立

形容身體極其消瘦。

懸樑刺股

鴉雀無聲

嚴懲不貸

貸：寬恕。待：等待。"嚴懲不貸"指嚴厲懲罰，絕不寬恕。

揚湯止沸

仰事俯畜

杳如黃鶴

比喻一去不見蹤影。語出崔顥《黃鶴樓》。杳，見不到蹤影。

一暴十寒

一塵不染

一辭莫贊

一夫當關

一望無垠

意興闌珊

意不容辭

引疚自責

影影悼悼

俑人自擾

有條不素

餘能可估

戰戰驚驚

餘音繞梁

張慌失措

針貶時弊

重蹈復轍

振天動地

姿意妄為

坐收魚利

28

義不容辭

引咎自責

影影綽綽

庸人自擾

有條不紊

餘能可賈

賈：賣。"餘能可賈"指還有力量沒有用完。

戰戰兢兢

兢兢：小心謹慎的意思。"戰戰兢兢"既有害怕的意義，也有謹慎從事的意義。中文沒有"驚驚"的用法。

餘音繞樑

張皇失措

張皇：驚慌、慌張。雖然有慌張的意思，但字面上不能寫作"張惶"。

針砭時弊

"針砭"是用石針治病，引申作救治社會弊端。沒有貶低的意思。

重蹈覆轍

覆：翻；復：又，再。轍：車輪輾過的痕跡。"重蹈覆轍"指重新走上翻過車的老路。

震天動地

坐收漁利

漁：打魚。這個成語來自"鷸蚌相爭，漁人得利"的故事。

恣意妄為

二、最常理解錯的成語

王老師家收藏了各種破舊鐘錶，他總是*如數家珍*向別人炫耀。

👍/👎

小店的名聲不論大小，都是靠大家的努力得來的。實至名歸，大家才能*安之若素*。

👍/👎

透過鏡頭，我們能清楚地看見幼鯨從母鯨腹中*脫穎而出*的場面。

👍/👎

工地上的燈光亮得如同白晝，使天上的月光和星星也*黯然失色*。

👍/👎

從老遠的地方搬向另一個地方，對於*安土重遷*的華人來說，是件大事。

👍/👎

這盤棋，讓我對他，那還不是*白駒過隙*，輕而易舉取勝。

👍/👎

"如數家珍"指對所講的事情十分熟悉。這裏將其誤解為"就像數家裏的珍寶一樣"。

"安之若素"對困窘的遭遇毫不在意，心情平靜得跟往常一樣；或對錯誤的言論和行為不聞不問，聽之任之。

穎：尖子。"脫穎而出"比喻本領全部顯露出來，也指通過努力超人一等。

"黯然失色"比喻相比之下很有差距，遠遠不如。

"安土重遷"指安於本鄉本土，不願輕易遷移。

望文生義。"白駒過隙"指時間過得很快，而不是很容易的意思。

學習應當由淺入深，＿＿＿＿，切不可一味貪多求快，否則，欲速不達。

A. 按部就班
B. 循序漸進

別看機器這麼重，只要大家齊心協力，畢其功於一役，就一定能把它裝上車。

脫離實際，單憑想像制訂實施方案，這種閉門造車的作法可行嗎？

吃饅頭還要剝皮兒，這不是暴殄天物麼？父親被我氣得暴跳如雷。

醜聞的主角爭辯道："這些說法都是杯弓蛇影，無中生有，完全不符合事實。"

敵眾我寡還要硬拼，簡直是暴虎馮河。

兩個詞都有做事按照一定的步驟、順序進行的意思。"按部就班"突出條理,多用於工作、計劃;"循序漸進"強調逐漸,多用於學習、訓練。

B

"暴殄天物"意思是任意殘害虐殺各種生物,後來也指不知愛惜物品,任意糟蹋浪費。

望文生義。"杯弓蛇影"比喻疑神疑鬼,妄自驚慌。

望文生義。"畢其功於一役"形容急於求成,而不是集中力量幹好一件事情。

暴虎:徒手搏虎;馮河:徒步過河。"暴虎馮河"比喻有勇無謀,冒險行事。

"閉門造車"比喻脫離實際,只憑主觀辦事。

從太空看地球，在變幻莫測的白雲中，它散發着一種淺藍色的絢麗的光。

👍/👎

他除了思維敏捷外，還博聞強識，特別有毅力，所以他怎麼會失敗呢？

👍/👎

神舟載人飛船成功發射，是中國航天史上的里程碑，必將彪炳千古。

👍/👎

中國隊＿＿＿＿，包攬了所有乒乓球項目的金牌。
A. 不負眾望
B. 不孚眾望

👍/👎

以文為詩，自韓愈始，至蘇軾別開生面，成一代之大觀。

👍/👎

這篇文章寫得太差，真是不刊之論。

👍/👎

我既不擅長唱歌，也不喜歡運動；除了畫畫，就別無長物了。

👍/👎

在自私自利者的心目中，捨己為人的行為是不堪設想的。

👍/👎

"**變幻莫測**"比喻事物變化多端，無法預測。

"**博聞強識**"形容知識豐富，記憶力強；而不是指意志堅強。

"**彪炳千古**"形容偉大的業績流傳千秋萬代。

負：違背、背棄。"**不負眾望**"指對得起眾人。孚：使人信服。"**不孚眾望**"指對不起眾人。

"**別開生面**"指開創新的形式或格局。

望文生義。"**不刊之論**"比喻不能改動或不可磨滅，而不是不可刊登的言論。

"**別無長物**"不是說"別無長處"，而是形容家貧，一無所有。

"**不堪設想**"指未來情況不能想像，預料事情會發展到很壞的地步。句中將其理解為不能夠想像，是錯誤的。

在現代社會生活中，電腦對我們來說幾乎是不可或缺的。

👍/👎

一個成年人做出如此荒唐的事，真讓人不可理喻。

👍/👎

這些官僚貪污腐化，他們的人格不名一文。

👍/👎

我感到一種不可名狀的恐怖。

👍/👎

他總是不求甚解地汲取知識，使自己學識淵博。

👍/👎

死海中沒有魚蝦、水草，連海邊也是一片不毛之地。

👍/👎

"不可或缺"指非常重要，無法替代或缺少的。

"不可理喻"指不能用道理使之明白，形容態度蠻橫或愚昧無知。這裏誤解為不可理解。

名：佔有。"不名一文"指一個錢也沒有，形容極其貧窮。

"不可名狀"指無法用言辭形容。

"不求甚解"本義讀書只求領會要旨，不刻意在字句上花工夫。今多謂對待學習、工作不認真，不求深入理解。句中用它的本義。

"不毛之地"指不生長草木莊稼的地方，形容某地荒涼、貧瘠。

他的功課雖不說樣樣都好，但比以前有進步卻是不容置喙的事實。

👍/👎

那些不遵守交通規則的人，對於闖紅燈總是不以為然。

👍/👎

有些人卻認為他做了一些不甚了了的事情，根本不值得宣揚。

👍/👎

失敗是成功之母，這的確是不易之論。

👍/👎

深海尚有許多未被充分利用的海洋生物，開發的巨大潛力是不言而喻的。

👍/👎

這次錯誤雖然不很嚴重，但如果認為它不足為訓，以後就會吃大虧的。

👍/👎

校長不厭其詳地詢問同學們在學習中的困難和問題。

👍/👎

大學生的發明創造為數不少，但要想發展成產業化則步履維艱。

👍/👎

"**不容置喙**"指不允許別人插嘴說話,這裏應該用"不容置疑"。

"**不以為然**"含有認為不是、不對的否定的意思。

"**不甚了了**"指不太了解、不太清楚,這裏誤解為微小、沒有甚麼了不起的。

"**不易之論**"指不可更改的言論、說法,形容言論、意見非常正確。

"**不言而喻**"形容道理很明顯,不用說就能明白。

訓:法則,典範。"**不足為訓**"是指不值得作為效法的準則或榜樣,而不是不足以作為教訓。

厭:滿足。"**不厭其詳**"指越詳細越好。

"**步履維艱**"原指人的年齡大了,行動艱難。 喻指工作困難,進步很難。

清理拆除僭建之後，郊野公園裏留下的殘垣斷壁很煞風景。

👍/👎

即使得了冠軍，也不能對同伴側目而視，自以為天下第一。

👍/👎

托爾斯泰從最初受案件觸動，到寫成《復活》，總共慘淡經營了 12 年之久。

👍/👎

我對那裏的情況不熟悉，你卻硬要派我去，這不是差強人意嗎？

👍/👎

原來的漁村現在成了國際大都市，真是滄海桑田啊！

👍/👎

在鐘鼓樓上，陳列的是銹跡斑斑的晨鐘暮鼓。

👍/👎

個人的生活經歷再豐富，跟人類歷史變遷比起來，都不過是滄海一粟。

👍/👎

冰掛高懸在危崖上，這一出人意表的奇景是我第一次見到。

👍/👎

"殘垣斷壁"本義指殘破的圍牆，倒塌的牆壁，形容殘破荒涼的景象。這裏用的是本義。

"側目而視"形容又恨又怕地看着，不能形容驕傲自滿。

"慘淡經營"形容費盡心思謀劃和從事某項事情，多誤作"生意很差"。

"差強人意"形容某人某事大體能使人滿意，而不是勉強別人的意思。

41

"滄海桑田"一般用來比喻世事變化很大。

望文生義。"晨鐘暮鼓"指寺院裏早晚用來報時的鐘鼓，後用來形容僧尼孤寂的生活，也用來比喻讓人警醒的語言。

"滄海一粟"比喻非常微小。

表：外。"出人意表"即出乎人們的意料之外。

離別時，他送我幾套高檔西裝，真是大方之家。

👍/👎

建築師們反覆論證，從長計議，定下了那座大橋通航標準。

樹根縱橫交錯，觸類旁通，吸收着大地母親給予的食糧。

👍/👎

這個故事情節離奇，作者卻講得情理俱合，絲絲入扣，讓人不能不佩服。

👍/👎

張生從善如流，和大家一起商量修改他原來的方案。

👍/👎

香港這個彈丸之地，靠着天時地利，創造了經濟騰飛奇蹟。

👍/👎

在那物質缺乏的蹉跎歲月，我們的父母為了支撐家庭，吃了多少苦啊！

👍/👎

望文生義。"**大方之家**"指精通某種學問或技藝的專家。

望文生義。"**從長計議**"指放寬時間慢慢商量考慮，不急於作決定，也指慢慢設法解決。這裏誤解為從長遠的角度考慮。

望文生義。"**觸類旁通**"指掌握了某一事物的知識或規律，進而推知同類事物的知識或規律。

"**絲絲入扣**"比喻做得十分細緻，有條不紊，一一合拍。

"**從善如流**"形容很樂意接受善意的規勸。

"**彈丸之地**"指像彈丸那麼大的地方，形容極小的地方。

蹉跎：時間白白過去。"**蹉跎歲月**"形容虛度光陰，這裏應改為"艱苦歲月"。

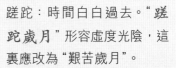

每當夜幕降臨，娛樂中心燈紅酒綠，熱鬧非常。

👍/👎

沈教授多次寫信給校長反映經費短缺問題，但是大音希聲，至今沒有得到答覆。

👍/👎

他小小的年紀竟然已經有了這樣的抱負，豈能等閒視之？

👍/👎

他的抄襲可謂登峰造極，除了標題，文章連標點都懶得改一改。

👍/👎

在這次當代書法展上，各種風格的作品等量齊觀。

👍/👎

這個小偷登堂入室，準備再次行竊財物時，被警察當場抓獲。

👍/👎

當老爺的有理沒理大聲呵斥，手下的人也只能低眉順眼、連聲諾諾。

👍/👎

"燈紅酒綠"形容五光十色的繁華景象或極其奢侈的生活。

望文生義。"大音希聲"意為"最美的聲音就是聽起來無聲響",現在用來比喻即達到極致的東西是不可捉摸的。

"等閒視之"意為當作平常的人或事物看待。

"登峰造極"指做壞事猖狂到了極點或某種缺點、錯誤傾向、惡勢力發展到了極點。

"等量齊觀"指對有差別的事物同等看待。

望文生義。"登堂入室"比喻學問或技能由淺入深,循序漸進,達到了高深的地步。

"低眉順眼"指低着頭、用順從的眼光望,形容對人害怕或順服的樣子。

蘇軾的書法，取法顏真卿，但能_____，與蔡襄、黃庭堅、米芾並稱宋代四大家。

A. 獨樹一幟

B. 別具一格

他的雜文，不拘一格，筆墨多姿多彩，點石成金。

👍/👎

當設計師還在喋喋不休爭論要不要辦展覽會時，服裝商已經開始着手籌備了。

👍/👎

經過幾年鍛煉，幾個弟子進步很快，工作上可以獨當一面了。

👍/👎

由於私下調解無效，昨日，患者和醫院最終對簿公堂。

👍/👎

老人家長得短小精悍，幹起活來一點兒也不比年輕人差。

👍/👎

村長挪用公款 950 萬元的，僅被判處兩年徒刑，罰不當罪，難平民憤。

👍/👎

"點石成金"比喻對原來的文字稍稍改動，就使它變得很出色。句中沒有修改的意思。

兩者都有具有不同風格的意思，而前者強調的是創造，後者強調是與其他事物的不同。

"喋喋不休"形容嘮嘮叨叨，説個沒完沒了。

"獨當一面"指能夠單獨完成工作。

望文生義。"對簿公堂"指公堂上受審，這裏將其誤解成"打官司"。

"短小精悍"既可以形容文章、發言簡短而有力，也可形容人身軀短小，精明強悍。

望文生義。"罰不當罪"多指處罰過重。

這個國家不斷遭受洪澇、地震、冰雪等災害，卻依然鬥志不減，讓人不由生出多難興邦的感慨。

👍/👎

他收藏品數量巨大，其中名畫只有羅浮宮可與分庭抗禮。

👍/👎

為了跟對手競爭，設計師們焚膏繼晷，很快推出新的方案。

👍/👎

政客的善變不奇怪，奇怪的是居然會在一天內翻雲覆雨變三次。

👍/👎

報業的減價大戰，直殺得各方風聲鶴唳，天昏地暗。

👍/👎

一個人在工作中難免有一些錯誤，只要改正就行，不要犯而不校。

👍/👎

短短幾日旅程，我對巴黎的印象只算浮光掠影，說出來讓大家見笑。

👍/👎

"分庭抗禮"比喻雙方平起平坐,不相上下;也指相互對立,或搞分裂、鬧獨立的言行。

"多難興邦"指多災多難,在一定條件下可以激勵人民奮發圖強,戰勝困難,使國家強盛起來。

"焚膏繼晷"形容夜以繼日地工作或學習。

"翻雲覆雨"比喻反覆無常或玩弄手段。

"風聲鶴唳"形容驚慌疑懼,不能用來形容競爭的激烈情況。

望文生義。"犯而不校"指受到別人的觸犯或無禮也不計較。

"浮光掠影"比喻觀察不細緻,學習不深入,印象不深刻。

為防止受污染豆製品再次流入市場，檢查人員採取釜底抽薪的辦法，直接查封加工廠。

👍/👎

別人投我們以木瓜，我們也要付之梨棗。

👍/👎

從一千多米的懸崖上滑落，那匹老馬摔得肝腦塗地。

👍/👎

此後大盤覆水難收，各板塊隨波逐流而下，無一倖免，其中餐飲板塊跌幅尤甚。

👍/👎

只要我們全力以赴，付諸東流，就是取得很小的成績，也是可喜的。

👍/👎

她應該吸取教訓，改弦更張，制訂更好訓練計劃。

👍/👎

釜：古代的一種鍋；薪：柴。"**釜底抽薪**"比喻從根本上解決問題。

望文生義。"**付之梨棗**"指刻板刊印書籍。

"**覆水難收**"多用來比喻說出的話、立下的誓言、作出的決定等，不能收回和更改；也表示夫妻關係的斷絕，不能恢復。

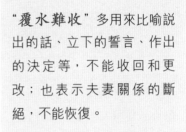

"**付諸東流**"比喻希望落空，成果喪失，前功盡棄。

"**肝腦塗地**"原來形容慘死，後來表示竭盡忠誠，不惜任何犧牲。

"**改弦更張**"比喻改變方針、計劃和方法，以糾正偏差或錯誤。

這篇論文不光高屋建瓴，具有學術性，而且還搜集了豐富的實例。

👍/👎

她看到鏡子裏的自己越發沒精神了，禁不住地顧影自憐起來。

👍/👎

在資訊爆炸的今天，我們應該重新思考格物致知的真正意義。

👍/👎

他的畫很有生活氣息，甚麼瓜田李下的，如石榴、葫蘆之類的畫作，都有出彩之處。

👍/👎

對在國外電影節上得獎的作品，影迷始終抱着隔岸觀火的態度，缺乏觀看熱情。

👍/👎

這本論文集管窺蠡測，以小見大，再現中國文化的輪廓與精髓。

👍/👎

這篇社評吞吞吐吐，言不由衷，隔靴搔癢，還不如不寫。

👍/👎

這幾天的參觀考察，只是管中窺豹，還不能了解這個地區的情況。

👍/👎

"高屋建瓴"形容居高臨下,不可阻擋的形勢。

"顧影自憐"指自己憐惜自己,形容處境孤苦,潦倒失意,也指自我欣賞。

"格物致知"指窮究事物原理,從而獲得知識。

望文生義。"瓜田李下"比喻瓜田裏,李子樹下,容易引起嫌疑的地方。

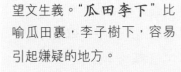

"隔岸觀火"比喻看到別人的危難不去幫忙,只是在一邊看熱鬧。

"管窺蠡測"比喻對事物的觀察和了解很狹窄、很片面。

"隔靴搔癢"比喻說話、作文不中肯、不貼切,沒有抓住要點;也比喻做事不切實際,徒勞無功。

"管中窺豹"比喻只看到事物的一部分,指所見不全面或略有所得。

當你看到那些構造奇妙的山洞，一定驚歎大自然的鬼斧神工。

👍/👎

我們可以向成功的企業學習，起初可能是邯鄲學步，但終究會走出自己的路來。

👍/👎

白雲蒼狗，世事無常，最真切動人的當下，轉眼間就成了過眼雲煙。

👍/👎

今天淋了雨，周身濕透，毫髮不爽，你應趕快洗個熱水澡。

👍/👎

這次暗殺事件，使得中東和平的前景再一次成為海市蜃樓。

👍/👎

一個人如果鄙薄自己的崗位，一味好高騖遠，是難以做出成績的。

👍/👎

馬路邊玉蘭的樹冠上佈滿了含英咀華的花蕾。

👍/👎

王老師獻身教育，無怨無悔，這種好為人師的精神深深地感動了人們。

👍/👎

"鬼斧神工"形容建築、雕塑等技藝的精巧。

"邯鄲學步"比喻模仿不到家，卻把自己原來會的東西忘了。

"過眼雲煙"比喻很快就消失的事物。

毫髮：毫毛和頭髮，形容極其細微。"毫髮不爽"喻指一點也不差。

"海市蜃樓"比喻虛幻的事物。

驚：追求。"好高騖遠"比喻不切實際地追求過高、過遠的目標。

"含英咀華"比喻欣賞、領會詩文的精華。

"好為人師"形容不謙虛，自以為是，喜歡以教育者自居。

張強個子高高的，儀表堂堂，在全班可以說是鶴立雞群。

👍/👎

名著續寫如高鶚續書之於《紅樓夢》，幾乎都難逃畫虎類犬的命運。

👍/👎

弘揚傳統文化，必須和剔除傳統文化的糟粕同時進行，不能厚此薄彼。

👍/👎

煩惱並不是哈哈一笑便能渙然冰釋，笑只是改變情緒的一種方法。

👍/👎

比賽開始時他就落後了，但他奮力追趕，離終點 10 米時終於成為後起之秀，奪得冠軍。

👍/👎

生與死是人生再自然不過的事情，但在中國的文化中，死亡卻是諱莫如深的話題。

👍/👎

一些地區畫地為牢，實行地方保護主義，限制機器進口。

👍/👎

那盞路燈格外明亮，馬路豁然開朗，像拓寬了幾尺。

👍/👎

"**鶴立雞群**"比喻一個人的儀表或才能在周圍一群人裏顯得很突出。

"**畫虎類犬**"比喻模仿得不到家，不符合文意，可改為"狗尾續貂"。

"**厚此薄彼**"形容兩方面的待遇不同，一般用於對人、單位、集體。這裏應改為"顧此失彼"。

望文生義。"**渙然冰釋**"指雙方之間的疑慮、誤會、隔閡等完全消除。

"**後起之秀**"指後來出現的或新成長起來的優秀人物，用在這裏詞義過大。

"**諱莫如深**"指事情重大，因而隱瞞真相。

"**畫地為牢**"比喻只許在指定的範圍內活動。

"**豁然開朗**"本義指從黑暗狹窄變得寬敞明亮，比喻突然領悟了一個道理。

電信市場競相降價，消費者正好可以火中取栗。

👍/👎

父親收藏的玩具汽車，把小小的書房擠得滿滿當當，間不容髮。

👍/👎

由於樓房的工程質量不過關，結果造成嚴重事故，真是禍起蕭牆。

👍/👎

黃河的部分河段多次出現斷流，面對這江河日下的情況，人們開始思考環保問題。

👍/👎

近日將有大暴雨，天文台已經透過電台不斷提醒市民，努力做到家喻戶曉。

👍/👎

阿爾科克彗星"拜訪"地球時，距離地球只有 500 萬公里，可以説是與地球接踵而至。

👍/👎

擺脱自我，儘快進入角色，對優秀的演員來説駕輕就熟。

👍/👎

這裏的漁業資源已經到了竭澤而漁的地步，因此不得不想辦法治理了。

👍/👎

"火中取栗"比喻受人利用，冒了風險，吃了苦頭，卻沒有撈到好處。

"間不容髮"比喻情勢危急到了極點。

"禍起蕭牆"指禍亂從內部發生。

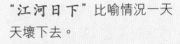

"江河日下"比喻情況一天天壞下去。

"家喻戶曉"指家家戶戶都知道，形容人所共知。

"接踵而至"指人們前腳跟着後腳，接連不斷地到來，形容來的人很多。

"駕輕就熟"比喻對某事有經驗，很熟悉，做起來容易。

"竭澤而漁"指排盡湖中或池塘裏的水捉魚，比喻取之不留餘地，只顧眼前利益。

沒有資金，沒有原料，我們只有借箸代籌，渡過難關。

👍/👎

客人們對這家酒店具體而微的服務十分滿意。

👍/👎

在遊樂場上，進退維谷的環境是孩子們開心的樂園。

👍/👎

要提高工作效率，必須先杜絕侃侃而談、廢話連篇的開會風氣。

👍/👎

奧運會開幕式精彩紛呈地展示了民族文化。

👍/👎

有顧客花 100 多萬元買下這個閣樓，卻根本上不去，成了空中樓閣。

👍/👎

對於那些幫助他們重建家園的人，這些災民敬謝不敏。

👍/👎

他恬不知恥的言論遭到社會各界人士的口誅筆伐。

👍/👎

"借箸代籌"原指借別人面前的筷子來指劃當前的形勢，後來表示代人策劃。

"具體而微"指內容大體具備而形狀或規模較小，這裏將其誤解為"無微不至"。

望文生義。"進退維谷"指無論是進還是退，都會處在困境之中。形容進退兩難。

"侃侃而談"形容談得理直氣壯，常常誤用為聊天的意思。

"精彩紛呈"指各種各樣的精彩紛紛呈現出來。

"空中樓閣"本指建築在半空中的樓閣，比喻脫離實際的虛幻的事物或計劃、空想等，此處用的是本義。

"敬謝不敏"表示推辭做某事的婉辭，這裏錯用於感謝別人。

"口誅筆伐"指從口頭和書面上對壞人壞事進行揭露和聲討。

《傅雷家書》是一部充滿了父愛的教子之作，作者真可謂苦心孤詣，嘔心瀝血。

👍/👎

某大明星寫的書錯別字連篇累牘，簡直讓人不堪卒讀。

👍/👎

他們是派了不少選手參加運動會，可連前六名都沒進入，簡直是濫竽充數。

👍/👎

她明明是為了自己的利益，可卻一再聲稱是為了員工，企圖裝扮成樑上君子。

👍/👎

祖父已經耳聾眼花，老氣橫秋，連走路也要人攙扶了。

👍/👎

冬天老年人要增加營養，也要適當運動，在戶外鍛煉時一定要量入為出。

👍/👎

你一旦參加了我們組織的夏令營，肯定會又喜又驚，樂不思蜀。

👍/👎

在山谷中，一聲接一聲的狼嚎，真是令人髮指。

👍/👎

"苦心孤詣"指刻苦鑽研，在學問技藝等方面達到別人所不及的境地。

"連篇累牘"指用過多的文字敍述，而不是說錯別字多。

"濫竽充數"喻沒有真才幹，而混在行家裏充數，或以次充好，用在這裏不合語義。

"樑上君子"是竊賊的代稱。

63

"老氣橫秋"形容人擺老資格，自以為了不起的樣子，也形容年輕人沒有朝氣，暮氣沉沉的樣子。

望文生義。"量入為出"指根據收入的多少來定開支的限度。

"樂不思蜀"比喻在新環境中得到樂趣，不再想回到原來環境中去，用在這裏不符合句義。

"令人髮指"形容極度憤怒。髮指，頭髮直豎起來。

外交官_____，奔赴戰火紛飛的伊拉克，成功地解救了人質。

A. 臨危受命
B. 臨危授命

有的國家大量引進外籍運動員，反而讓本土選手減少了歷練的機會，這真是買櫝還珠。

👍/👎

奶奶在香港住了廿多年，鄉下的親戚來了，她便毛遂自薦，帶他們去玩。

👍/👎

全球紙漿價格的上揚和用紙量的增加，造成了當前洛陽紙貴的局面。

👍/👎

有些人對生活上的浪費已經習以為常，養成了一種麻木不仁的惡習。

👍/👎

對於法律不允許的事情，他仍然暗中違規操作，這是令行禁止的。

👍/👎

“洛陽紙貴”喻著作有價值，流傳廣，風行一時。

“臨危受命”指在危難之際接受任命；“臨危授命”指在危急關頭勇於獻出生命。

A

“麻木不仁”比喻對外界事物反應遲鈍或漠不關心。

“買櫝還珠”比喻沒有眼光，取捨不當。

“令行禁止”指有令必行，有禁必止，形容嚴格執行法令。

“毛遂自薦”比喻自告奮勇，主動承擔某項工作。

老教授教了一輩子書，很了解學生的問題，上他的課，學生常有茅塞頓開的感覺。

👍/👎

這則消息早已是明日黃花，但她還以為是新聞呢。

👍/👎

我爬上山頂，遠處山水相映，真是美不勝收啊！

👍/👎

如何處理這件事情，幾位主事人意見不同，令大家莫衷一是。

👍/👎

在奧運聖火傳遞的城市，沿途街道門庭若市。

👍/👎

不少語文老師上課就是以問與答貫穿始終，長此以往，學生自然是目無全牛了。

👍/👎

這件事你現在做不了，就不要勉為其難，以後有條件再做也不遲。

👍/👎

那天，我和他在車站分別後就南轅北轍，各奔東西了。

👍/👎

"茅塞頓開"形容思想忽然開竅，立刻明白了某個道理。

"明日黃花"指過了重陽節的菊花，沒有可賞玩的價值。比喻過時的事物。

"美不勝收"指美的東西多，讓人一時接受不完。

衷：判斷。"莫衷一是"指不能斷定哪個對，哪個錯，與句義不符。

67

"門庭若市"形容來客眾多，非常熱鬧。

望文生義。"目無全牛"用於形容技藝已經達到純熟的地步。

"勉為其難"指勉強去做不能做到的或者不願去做的事情。

"南轅北轍"喻指一件事的目的與方法相反。

我學數學進步很快，而學語文卻如逆水行舟，進步緩慢。

👍/👎

他已敗了兩局，第三局破釜沉舟，終於反敗為勝。

👍/👎

作者披肝瀝膽，花了十幾年的時間才寫成這部長篇小說。

👍/👎

當事警察、目擊證人、嫌疑人的說法各不相同，使事件顯得撲朔迷離。

👍/👎

寫故事要選有趣的地方加以渲染，片言隻語，含蓄濃縮。

👍/👎

對他不負責任的態度，公司經理決定鋪張揚厲，在會上公開批評。

👍/👎

要論速度和技巧，兩人可謂平分秋色。

👍/👎

近幾年，香港的高校入內地招生，如同七月流火一樣地旺。

👍/👎

"逆水行舟"比喻不前進就要後退，沒有前進緩慢的意思。

"破釜沉舟"比喻不留退路，下決心不顧一切地幹到底。

披：揭開。"披肝瀝膽"比喻以真心相見，傾吐心裏話。

"撲朔迷離"形容事物錯綜複雜，難以辨清是非。

69

"片言隻語"指零零碎碎的話語，沒有簡明扼要的意思。

"鋪張揚厲"形容過分鋪張，講究排場。

"平分秋色"比喻雙方各得一半，也比喻不相上下，可以匹敵。

"七月流火"不是形容天氣炎熱，而是指天氣逐漸涼爽起來，比喻事物逐漸衰弱。

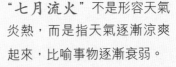

他的臉上早已沒有剛就業時期期艾艾的神情，渾身上下都透着成功者的自信。

👍/👎

大自然拿美麗的花朵去把千山萬壑裝點。

👍/👎

一些科學家認為科幻電影中對地球前景的悲觀預測，並非杞人憂天。

👍/👎

在那場戰役中，軍人前仆後繼，終於攻下了那個城市。

👍/👎

那鼓聲，如驟雨，如旋風，氣勢磅礴，震撼天地。

👍/👎

這位獨唱演員每次演出都能曲盡其妙。

👍/👎

就在這千鈞一髮之際，一條人影直撲入火海。

👍/👎

巴士站的廣告牌已經被張學友的演唱會宣傳畫取而代之。

👍/👎

"期期艾艾"形容口吃。

"千山萬壑"形容山巒連綿，高低重疊。

"杞人憂天"比喻不必要的或缺乏根據的憂慮和擔心。

"前仆後繼"指前面的倒下了，後面的緊跟上去。形容鬥爭的英勇壯烈。

"氣勢磅礴"形容氣勢雄偉壯大。

"曲盡其妙"指曲折深入地將其奧妙處都表達出來，形容表達的技巧很高明。

"千鈞一髮"比喻極為緊急的關頭。

"取而代之"指以某一事物代替另一事物。

強化輿論監督力度，使違法者感到人言可畏。

👍/👎

今天天氣真好，我們在操場上，真是如坐春風。

👍/👎

這夥販毒分子購置了一批槍支彈藥，更是如虎添翼，無法無天了。

👍/👎

王老師不辭辛苦，三顧茅廬去看望生病在家同學。

👍/👎

《水滸傳》展示了農民起義如火如荼的廣闊畫面。

👍/👎

面對記者的連串詢問，事故目擊者卻三緘其口。

👍/👎

香港的旅遊業如日中天，也帶動了相關行業的興起和發展。

👍/👎

你應該和朋友合作這個項目，要知道三人成虎，眾志成城。

👍/👎

"人言可畏"指在背後議論或誣衊的話很可怕。

"如坐春風"指如同沐浴在和煦的春風裏,比喻受到教育和感化。

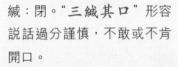

"如虎添翼"比喻強大的得到援助後更加強大;也比喻兇惡的得到援助後更加兇惡。

"三顧茅廬"比喻對賢才的誠心邀請。

"如火如荼"形容旺盛、熱烈或激烈的場面。

緘:閉。"三緘其口"形容說話過分謹慎,不敢或不肯開口。

"如日中天"比喻事物正發展到十分興盛的階段。

"三人成虎"比喻謠言或訛傳一再反覆,就有使人信以為真的可能。

教師縱然有三頭六臂，也不能單獨承擔起培養學生的重任。

👍/👎

對別人的成功經驗，我們固然需要學習，但不可生搬硬套。

👍/👎

這種"社會穩定了，經濟自然就會搞好"的言論是捨本逐末的説法。

👍/👎

排雷是生死攸關的工作，從接受這一任務來，這個排雷組已傷亡了二十多人。

👍/👎

全書圍繞着園林和士大夫的生活，信手拈來而涉筆成趣。

👍/👎

他故意激怒你，讓你失去理智，犯下錯誤。不然，他想整你也師出無名。

👍/👎

我除了一個不算太笨的大腦和一雙尚屬勤快的手，身無長物。

👍/👎

要真正營造一個細胞生長的世外桃源也不是一件容易的事情。

👍/👎

"三頭六臂" 比喻神通廣大，本領出眾。

"生搬硬套" 指機械地套用別人的經驗、方法等。

"捨本逐末" 指放棄主要的、根本的，而只追求次要的、枝節的。應改為 "因果倒置"。

"生死攸關" 指人的生死存亡的關鍵，形容事情的緊急。

"涉筆成趣" 形容一動筆就畫出或寫出很有意趣的東西，常用來表示創作者水平高。

"師出無名" 指出兵沒有正當的理由，泛指行事沒有正當的理由。

"身無長物" 指人貧困，這裏誤用來形容沒有特長。

"世外桃源" 比喻理想中的環境，幽靜、不受外界影響、生活安逸的地方。

注入了 3D 技術的《鐵達尼號》能否以全新面貌面世，大家都拭目以待。

他的書法，根基是魏碑，若能師心自用，相信定有所成。

我時常留心長篇小說的新書預告，卻視而不見這方面書籍的出版。

只有良好的願望，卻不按規律辦事，其結果必然適得其反。

主演突然消失了，目前尋找一個能夠頂替他的人是首當其衝的問題。

他很有才華，但恃才傲物，同事們都不喜歡他。

師心：以心為師，只相信自己；自用：按自己的主觀意圖行事。"**師心自用**"形容自以為是，不肯接受別人的正確意見。

適：正，恰好。"**適得其反**"指得到與預期相反的結果。

"**恃才傲物**"指仗着自己有才能，看不起人。

"**拭目以待**"指擦亮眼睛等着瞧，形容期望很迫切。

"**視而不見**"指看見了同沒有看見一樣，形容不關心、不注意。

"**首當其衝**"比喻最先受到攻擊和遭遇災難。

營業額要創新高，成本要創新低，公司的這個目標，真可謂是首鼠兩端，不同凡響。

👍/👎

工廠新接到一批近 50 萬元的訂單，但要先幫對方墊付兩百多萬，實在是螳臂當車。

👍/👎

在一些人看來，大多數的宗教都是勸人為善，殊途同歸。

👍/👎

在動物園，遊人提出的問題讓飼養員啼笑皆非，難以回答。

👍/👎

諸葛亮隨機應變，總能在危險中急中生智。

👍/👎

小莉聽到自己慘遭淘汰的消息，如醍醐灌頂，站在那裏愣了半天。

👍/👎

這位舉重選手身高只有 1.5 米，卻連拿三塊金牌，如探囊取物。

👍/👎

他雖然很年輕，但在漫畫創作方面已是頭角崢嶸，小有名氣。

👍/👎

"首鼠兩端"形容在兩者之間猶豫不決或動搖不定。

"螳臂當車"比喻勉強做做不到的事情，必然失敗。不合語境。

"殊途同歸"比喻採取不同的方法而得到相同的結果。

"啼笑皆非"形容處境尷尬或既令人難受又發笑的行為。

"隨機應變"指隨着情況的變化靈活機動地應付。

望文生義。"醍醐灌頂"比喻灌輸智慧，使人徹底醒悟。

"探囊取物"比喻能夠輕而易舉地辦成某件事情。

"頭角崢嶸"形容年輕有為，才華出眾。

這一地區的形勢越來越緊張，令許多投資者退避三舍。

👍/👎

滔天巨浪發出瓦釜雷鳴般的震天巨響。

👍/👎

人員流失已產生不良後果，如不及時想辦法，恐怕亡羊補牢，為時太晚。

👍/👎

自從引進競爭機制後，很多人才脫穎而出，萬馬齊喑，可喜可賀。

👍/👎

為了經濟發展而大肆砍伐天然林木，這無異於＿＿＿＿。
A. 望梅止渴
B. 飲鴆止渴

這部電視劇播出時，幾乎萬人空巷，人們都在家裏守着熒屏。

👍/👎

望文生義。"**退避三舍**"比喻退讓和迴避，避免衝突，不用於躲避災難。

"**亡羊補牢**"指雖然犯錯卻來得及補救。

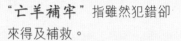

"**瓦釜雷鳴**"比喻無才無德的人佔據高位，煊赫一時。

"**萬馬齊喑**"比喻死氣沉沉，令人窒息的沉悶局面。

"**望梅止渴**"比喻願望無法實現，用空想安慰自己："**飲鴆止渴**"比喻用錯誤的辦法來解決眼前的困難而不顧後果。

B

"**萬人空巷**"指家家戶戶的人都走出了巷子和胡同，形容慶祝、歡迎的盛況轟動一時的情景。

這篇文章內容淺顯，未必有值得反覆推敲的微言大義。

👍/👎

編輯只能對文字部分負責，至於出書的其他環節，就望塵莫及了。

👍/👎

我們提倡韋編三絕的讀書精神，更提倡學以致用。

👍/👎

主隊隊員都來自甲級隊，其雄厚實力令多來自乙級隊的客隊＿＿＿＿．
A. 望其項背
B. 望塵莫及

這幫傢伙剛刑滿釋放，不但不收斂，而且愈加為虎作倀了。

👍/👎

雨季就要來了，我們要未雨綢繆，早做準備。

👍/👎

微：精微。"微言大義" 指精微的語言和深奧的道理。

"望塵莫及" 比喻遠遠落後。

"韋編三絕" 指編連竹簡的皮繩斷了三次，比喻讀書勤奮。

"為虎作倀" 比喻給壞人做幫兇，句中沒有這個意思。

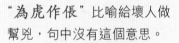

"望其項背" 表示趕得上或比得上，多用於否定式；"望塵莫及" 比喻落後很多，很難趕上。

"未雨綢繆" 比喻事先做好準備。

他的稿子常常是文不加點，使人無法卒讀。

👍/👎

毋庸置疑，這次考試我肯定能得第一名。

👍/👎

有的人生前盡力為自己寫書立傳，文過飾非。

👍/👎

他們擺出大量事實，證明對方那些意見都是無稽之談。

👍/👎

這個人很專橫，凡事都要跟他說，他聞過則喜，不然，他會跟你翻臉。

👍/👎

譚校長總是喜歡講一些無傷大雅的笑話。

👍/👎

越王勾踐臥薪嘗膽，回國後，勵精圖治，終於戰勝了吳國。

👍/👎

對於孩子，他向來無為而治，漠不關心。

👍/👎

望文生義。"**文不加點**"指文章一氣寫成，無需修改，形容文思敏捷，寫作技巧純熟。

"**毋庸置疑**"指事實明顯或理由充分，不必懷疑，根本就沒有懷疑的餘地。

"**文過飾非**"指掩飾過失、錯誤。

稽：查考。"**無稽之談**"指沒有根據、無從查考的說法。

"**聞過則喜**"指聽到別人批評自己的缺點就高興。

"**無傷大雅**"指雖有影響但對主要方面沒有妨害。

"**臥薪嘗膽**"形容人刻苦自勵，發奮圖強。

"**無為而治**"泛指不進行太多干涉的管理方式，而不是"不管不顧"的意思。

入夏以來，珠江流域五風十雨，洪峰連連，水患不斷。

👍/👎

到底是誰偷走了他的手機，大家都心照不宣。

👍/👎

當別人踴躍捐獻時，你卻細大不捐，這樣做，不感到羞愧嗎？

👍/👎

一代代工匠持續的努力，才讓這門傳統製陶工藝薪盡火傳，不斷發展。

👍/👎

白居易從鄉間農婦和下里巴人那裏得到了很多創作素材。

👍/👎

政府推出了一系列措施，以解決街頭信筆塗鴉的問題。

👍/👎

金字塔那些想入非非的神話，説明古埃及人想像力極為豐富。

👍/👎

有人身居要職，卻胸無城府，思想僵化，不思進取。

👍/👎

"五風十雨"指風調雨順。

"心照不宣"指彼此心裏明白,而不公開説出來;也指互相之間明白或共同認可一件事物,作出相同的判斷。

"細大不捐"指小的大的都不拋棄。形容包羅一切,沒有選擇。不能理解為"一點東西也不捐出"。

"薪盡火傳"比喻師父傳業於弟子,一代代地傳下去。

87

"下里巴人"泛指通俗的文藝作品。

"信筆塗鴉"指胡亂寫作或字寫得很差,多作謙辭。沒有亂塗亂畫的意思。

"想入非非"本指想進入一般能力所達不到的境界,後來借指脱離實際,幻想不可能實現的事。這裏用的是本意。

"胸無城府"比喻襟懷坦白,沒有甚麼隱藏。

在他病重期間，受過他資助的人，沒有一個來探望他，但他虛懷若谷，毫不介意。

👍/👎

有缺點錯誤就要及時改正，否則就會養虎遺患，鑄成大錯。

👍/👎

他並無心做這筆生意，只是與來人虛與委蛇，以拖延時間。

👍/👎

他大罵腐敗，暗地裏卻又收受賄賂，這種做法和葉公好龍沒兩樣。

👍/👎

不學好基礎知識，就急於解決高難數學題，是喧賓奪主的做法，是不可取的。

👍/👎

他看起來總是一本正經的樣子，讓人想戲弄一下他都會覺得不好意思。

👍/👎

隨着貝克特等人的逝世，荒誕戲劇作為一個流派也漸漸偃旗息鼓了。

👍/👎

人類一遇到生命起源、宇宙起源的問題就一籌莫展。

👍/👎

"**虛懷若谷**"形容非常謙虛，能容納很多意見。

"**養虎遺患**"比喻縱容惡人，給自己留下後患。

"**虛與委蛇**"形容對人虛情假意，敷衍應酬。

"**葉公好龍**"比喻表面上愛好某事物，實際上並不真愛好。

"**喧賓奪主**"喻指外來的次要的事物佔了原有的、主要的事物的地位。

"**一本正經**"形容態度莊重嚴肅，鄭重其事，有時也帶諷刺意味。

"**偃旗息鼓**"比喻事情終止或聲勢減弱。

"**一籌莫展**"指一點計策也施展不出，一點辦法也想不出來。

20 世紀 70 年代以後，海上汽油資源開發一馬當先。

👍/👎

吳教授真不愧為丹青妙手，在他的筆下，一幅畫三下兩下便_____了。
A. 一揮而就
B. 一蹴而就

一種以螞蟻為原料製成的保健品一鳴驚人地闖進了保健領域。

👍/👎

她父親思想開明，對兒子和女兒一視同仁，並無重男輕女的思想。

👍/👎

偉大的奮鬥目標，決不是_____能實現的，必須付出艱苦的努力。
A. 一揮而就
B. 一蹴而就

治理環境應摒棄地方本位主義，防止出現以鄰為壑的傾向。

👍/👎

"一馬當先"形容工作走在別人前面,積極帶頭。

"一鳴驚人"比喻平時沒有突出的表現,一下子作出驚人的成績。

"一揮而就"形容詩文、書畫很快就寫好畫好了。

A

"一視同仁"表示對人同樣看待,不加區別;相同對待。

"一蹴而就"形容事情輕而易舉,一下子就能完成。

"以鄰為壑"比喻把自己的困難和禍害轉嫁給別人。

B

中國茶藝與日本茶道異曲同工，都強調“和”的精神。

👍/👎

如果我們把錯誤掩蓋起來，裝作看不見，無異於飲鴆止渴。

👍/👎

匠師們因地制宜，自出心裁，修建的園林當然各個不同。

👍/👎

他退休後，除了做家務外，還能抽空寫字畫畫，生活得遊刃有餘。

👍/👎

父親不是一個精打細算的人，因此家裏常出現寅吃卯糧的局面。

👍/👎

微軟收購雅虎這場角逐，可謂兩敗俱傷，而讓谷歌漁翁得利。

👍/👎

學習也可以反過來學，就是把別人的毛病當做反面教材，而引以為戒。

👍/👎

與人為善的美德是生活中該提倡。

👍/👎

"**異曲同工**"比喻說法不一而用意相同，或做法不同而可以達到相同的目的。

"**飲鴆止渴**"比喻採取極有害的方法來解決眼前困難，不顧後果。

"**因地制宜**"根據各地的具體情況，制定適宜的辦法。

"**遊刃有餘**"比喻工作熟練，解決問題毫不費事。

寅、卯：地支的第三、四位。"**寅吃卯糧**"比喻入不敷出，預先借支。

"**漁翁得利**"指趁着別人爭執不下而從中得到好處。

"**引以為戒**"指把過去犯錯誤的教訓作為警戒，避免重犯。

"**與人為善**"指善意幫助人。

他想有一個高收入的工作，卻去搞古書研究，真是緣木求魚。

👍/👎

體育館內觀眾的掌聲經久不息，振聾發聵，淹沒了館外的驚雷。

👍/👎

有的編劇認為電影劇本的景不用寫得太具體，太具體了反而越俎代庖。

👍/👎

許多人對 PPA 是甚麼，對人體有何危害仍執迷不悟。

👍/👎

索尼和愛立信這兩家曾經滄海的公司現在卻對手機市場無所作為。

👍/👎

最近發生的一些事情，讓他原來的計劃變成紙上談兵。

👍/👎

在這次考試舞弊中，十多名考生都是張冠李戴的槍手。

👍/👎

原本滯銷的電視機，因為大降價而引起搶購，現在竟成了炙手可熱的搶手貨。

👍/👎

"緣木求魚"指爬到樹上去找魚，比喻方向或辦法不對，不可能達到目的。

"振聾發聵"比喻用語言文字喚醒糊塗麻木的人，使他們清醒過來。

"越俎代庖"比喻超過自己的職務範圍，去處理別人所管的事情。

"執迷不悟"指堅持錯誤，不知覺悟。而不是不明白，不理解的意思。

"曾經滄海"比喻曾經見過大世面，不把平常事放在眼裏。

"紙上談兵"比喻不聯繫實際情況，發空議論。

"張冠李戴"比喻認錯了對象，弄錯了事實。

"炙手可熱"本義是手一接近便感到熱，比喻權勢氣焰之盛。

在抗擊天災的 30 天裏，市民萬眾一心，眾志成城。

👍/👎

由於山體滑坡，奔赴汶川抗震救災的隊員走投無路，無法趕到目的地。

👍/👎

編輯對作者說：這篇文章太差勁了，真是誅心之論。

👍/👎

對於全球變暖問題，有些國家積極應對，而某些國家卻作壁上觀。

👍/👎

他借的一身運動服穿起來很不合身，真是捉襟見肘。

👍/👎

如果丈夫的收入低於妻子，一部分男性常會自慚形穢。

👍/👎

即使意見是錯的，也要心平氣和，坐而論道，爭取在討論中溝通認識。

👍/👎

"眾志成城" 比喻大家團結一致，就能克服困難，得到成功。

"走投無路" 比喻處境極困難，找不到出路。不是沒有路走的意思。

"誅心之論" 指推究其用心而定罪，也指揭穿別人的批評或深刻的議論。

"作壁上觀" 比喻置身事外，從旁觀望，不動手幫助。

"捉襟見肘" 形容衣服破爛，或困難重重，應付不過來。

"坐而論道" 原指坐着議論政事，後泛指空談大道理而不行動。沒有 "坐下來心平氣和地討論問題" 的意思。

"自慚形穢" 泛指因不如別人而感到慚愧。

三、最常用錯褒貶的成語

課堂上，他誇誇其談，出眾的口才使大家十分佩服。

👍/👎

教育要講究方式方法，不能總是耳提面命，擺架子。

👍/👎

在《哈利波特》中，導演借助匪夷所思的特技，為我們打開了魔法的大門。

👍/👎

我在各位老師面前談學習經驗，實在是班門弄斧。

👍/👎

你說的那件事實在是子虛烏有，生編硬造出來的。

👍/👎

陝西剪紙粗獷樸實，同江南細緻工整的風格相比，真是半斤八兩。

👍/👎

"**誇誇其談**" 形容説話、寫文章浮誇不切實際，含貶義。

"**耳提面命**" 表示長輩的諄諄教導，不用於同輩之間，不作貶義。

"**匪夷所思**" 指言談行動離奇古怪，不是一般人根據常情所能想像的。

"**班門弄斧**" 比喻在行家面前賣弄本領。含貶義，也可以作謙辭。

子虛烏有 指不存在或不真實的事情，一般作貶義。

"**半斤八兩**" 比喻彼此一樣，不相上下。多有貶義。

在文學創作上，我們不能抱殘守缺，而應積極創新。

他真是_____，辦的手抄報內容和形式都與眾不同，令人叫絕。
A. 別具匠心
B. 別有用心

老師送我的鋼筆，雖然式樣陳舊，但我卻敝帚自珍，一直在使用。

100

這場別出心裁地策劃的戰爭，帶給人民的苦難是沉重的。

我們這些初學電腦的人要虛心向那個電腦專家求教，不恥下問。

這位民間詩人最善於在街頭巷尾捕風捉影，在日常生活尋求人性之美。

6

兩者都有想法與眾不同的意思，前者是褒義，後者是貶義，一般用來形容不是出於好心的計謀。

A

"**抱殘守缺**"原來比喻泥古守舊，現在比喻思想保守，不肯接受新事物。一般做謙辭或者貶義詞。

謙辭使用不當。"**敝帚自珍**"比喻東西雖然不好，卻很珍惜。只能用來指自己的東西。

褒貶不當。"**別出心裁**"指想出的辦法或思想獨創一格，與眾不同，別具一格，含褒義。

"**不恥下問**"指不以向地位比自己低、學識比自己少的人請教為恥。多用來讚揚一個人謙虛、好學，不能用於自己。

"**捕風捉影**"比喻説話做事毫無根據，含貶義。

有些人妄想通過散佈聳人聽聞的謠言來達到其不可告人的目的。

👍/👎

白馬湖的夏天竟有一股超凡脫俗的氣息。

👍/👎

在美國生活兩年了，他的英語還是很難聽懂，真是不同凡響啊！

👍/👎

他們把不相干的兩樣產品組合在一起使用產生了出乎意料的效果。

👍/👎

那家工廠錄用了 5 名工人，但這對 500 多名應聘者來說，實在是不足掛齒。

👍/👎

由於廠家對產品的設計吹毛求疵，因而產品銷路越來越好。

👍/👎

只要我們刻苦鑽研，長此以往，就一定能取得令人矚目的成就。

👍/👎

李明見別人在下棋、不免見獵心喜、蠢蠢欲動。

👍/👎

"**不可告人**"意為無法或不能告訴別人，多指難言之隱或者動機不純的陰謀，含貶義。

"**超凡脫俗**"指超越一般的人或物，不落俗套，含褒義。

"**不同凡響**"形容人或事物不平常，很出眾，很出色。含褒義。

"**出乎意料**"指超出人們的料想。

"**不足掛齒**"意為不值得一提，一般做謙辭，不用於評說別人。

褒貶不當。"**吹毛求疵**"比喻故意挑剔別人的缺點，尋找差錯，含貶義。

"**長此以往**"指老是這樣下去，多就不好的情況說。

"**蠢蠢欲動**"多用來形容敵人準備進犯或壞人準備搗亂，明顯帶有貶義，應改成"躍躍欲試"。

二十多名居民即將喬遷新居，個個都彈冠相慶。

👍/👎

為了拯救快倒閉的工廠，新上任的總經理想盡方法抓產品開發，真可謂_____。

A. 殫精竭慮
B. 處心積慮

伏爾泰畢生都在嘲諷那些道貌岸然的貴族，他被譽為"歐洲的良心"。

👍/👎

你的困難就是我的困難，這件事我一定鼎力相助。

👍/👎

平時只要你好好學習，就可以從容不迫地上考場，不用緊張。

他沒有以權謀私，雖然清貧，但活得坦蕩，不擔心東窗事發。

👍/👎

👍/👎

"彈冠相慶"形容因即將做官而互相慶賀，現用於貶義，形容壞人得勢，含貶義。

兩者都有用心謀劃的意思，但前者是褒義詞，後者是貶義詞。

"道貌岸然"形容外貌嚴肅正經，現多用貶義。

敬辭使用不當。"鼎力相助"只用於對方或他人，不可用於自己，否則太不謙虛。

"從容不迫"形容不慌不忙，非常鎮靜。褒義。

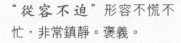

"東窗事發"指罪行暴露，貶義，不能用來指正面的人或者物。

為逃避警察的打擊，這個販毒窩點曾兩次停業，待風聲一過又東山再起。

👍/👎

幾年功夫，我的家鄉就改頭換面，山青水綠，魚肥蝦多。

👍/👎

他善於讀書，能從書中斷章取義，恰如其分地運用在演講中。

👍/👎

這部電視劇的成功源於演員在表演中能夠發揮創造性，各行其是。

👍/👎

法國失業人數猛增，政府面對這種方興未艾的勢頭束手無策。

👍/👎

他的病一直不見好轉，他怎能不憂心忡忡且耿耿於懷呢？

👍/👎

現在執法嚴格，開車闖紅燈者鳳毛麟角。

👍/👎

小明謙虛地說："我續寫《祥林嫂》只能算是狗尾續貂。"

👍/👎

"東山再起"比喻人失勢之後，重新恢復地位，含褒義，不用作反面人物身上。

褒貶不當。"改頭換面"比喻只改變形式，而內容實質不變，含有貶義。

褒貶不當。"斷章取義"含貶義，指只截取自己需要或合乎自己意思的一兩句，而不顧全文原意。

"各行其是"指各自按照自己以為對的去做，多含貶義。

褒貶不當。"方興未艾"多形容形勢或事物正在蓬勃發展。

"耿耿於懷"指心事牽縈迴繞，不能釋懷，多用作貶義。

褒貶不當。"鳳毛麟角"比喻珍貴而稀少的人或物，不能用來指不好的人或事物。

"狗尾續貂"比喻拿不好的東西接到好的東西後面，顯得好壞不相稱（多指文學作品）。多用作謙辭。

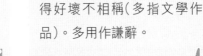

恕我孤陋寡聞，我並不知道蕭紅於香港逝世。

👍/👎

這些偽劣藥品造成的危害駭人聽聞，藥品市場非整頓不可。

👍/👎

腐敗分子往往喜歡冠冕堂皇地喊着一定要廉政。

👍/👎

警察正趴在塹壕沿上，緊握着鋼槍，虎視眈眈地望着匪巢。

👍/👎

面對光怪陸離的現代觀念，他們積極探索新的藝術語言。

👍/👎

小錯誤也不能放過，須知集腋成裘，小錯積多了，也會對工作造成大的損害。

👍/👎

參加馬拉松的上千名選手，像過江之鯽通過了大橋的涵洞。

👍/👎

有的人孤陋寡聞，見微知著，他們的見解往往是錯誤的。

👍/👎

"**孤陋寡聞**"形容學識淺陋,見聞不廣。多用作謙辭。

"**駭人聽聞**"多指社會上發生的壞事使人聽了吃驚,強調客觀效果。

"**冠冕堂皇**"形容外表莊嚴體面,實際上並非如此,含貶義。

褒貶不當。"**虎視眈眈**"形容惡狠狠地盯着,將要動手攫取甚麼,貶義。

"**光怪陸離**"形容奇形怪狀,五顏六色。中性詞。

褒貶不當。"**集腋成裘**"比喻積少可以成多,褒義。

"**過江之鯽**"形容趕時髦的人很多連續不斷,含貶義。

"**見微知著**"指見到微小的跡象,就能察知發展的趨勢,含褒義。

有的學生無視學校金科玉律，迷戀網上遊戲，實在令人擔憂。

👍/👎

只有經過曠日持久的努力才能提高語言運用水平。

👍/👎

這裏高樓林立，機器聲隆隆，給人以面目全非的美好感覺。

👍/👎

進入中學以來，一向成績平平的小明，進步神速，真叫人不得不_____。

A. 另眼相看
B. 刮目相看

他勇鬥歹徒的事跡現在已滿城風雨、婦孺皆知了。

👍/👎

中國能在薄弱的田徑項目上獲得金牌顯得彌足珍貴。

👍/👎

"金科玉律"原形容法令條文的盡善盡美，現比喻必須遵守、不能變更的信條。多含貶義。

"另眼相看"指看待某個人不同一般，也指不被重視的人得到重視，含貶義；"刮目相看"指別人已有進步，不能再用老眼光去看他，含褒義。

曠：荒廢。"曠日持久"指耗費時日，拖延得太久。貶義。

B

褒貶不當。"滿城風雨"原形容秋天的景物，現比喻消息一經傳出，就到處議論紛紛，含貶義。

褒貶不當。"面目全非"形容改變得不成樣子了，貶義。

"彌足珍貴"形容十分珍貴、非常珍貴，含褒義。

張大夫一個多月就治好了我的腰腿病,可真是妙手回春啊!

👍/👎

使用我公司生產的塗料裝飾您的居室,可使您蓬蓽生輝。

👍/👎

台灣藝術家王俠軍曾以琉璃工藝而名噪一時。

👍/👎

一位沒有強健體魄的老者,憑匹夫之勇,一年間就抓獲幾十個小偷。

👍/👎

一個人如果墨守成規,缺乏創新,遲早會被淘汰。

👍/👎

比賽結束後,評委們經過一番評頭品足,終於確定了獲獎名單。

👍/👎

陳教授剛才那番話拋磚引玉,我下面要講的只能算是狗尾續貂。

👍/👎

我們可以巧立名目,開發大批新穎別致的旅遊項目。

👍/👎

"妙手回春"稱讚醫生醫術高明，能使病危的人痊癒。不能用在一般的情況稱讚醫生。

敬辭使用不當。"蓬蓽生輝"用以稱謝別人來到自己家裏或稱謝別人題贈的字畫送到自己家裏。

"名噪一時"指名聲傳揚於一個時期，無貶義。

褒貶不當。"匹夫之勇"指不用智謀，單憑個人血氣衝動，含貶義。

"墨守成規"指思想保守，守着老規矩不肯改變，含貶義。

"評頭品足"比喻在小節上過分挑剔，與中性的評議不同。

謙辭使用不當。"拋磚引玉"是自謙之辭，不能用於對方或第三方。

褒貶不當。"巧立名目"指想方設法地制定出一些名目，來達到某種不正當的目的，含貶義。

辯論會上，選手們**巧舌如簧**，贏得了現場觀眾陣陣掌聲。

👍/👎

齊白石畫展在美術館開幕了，藝術愛好者**趨之若鶩**。

👍/👎

如果把某種程式當作寫文章的**清規戒律**，那只能寫出些八股文章。

👍/👎

近一段時間有關股票的書銷售異常火爆，書店專櫃前**人滿為患**。

👍/👎

為了迎接聖誕節，許多公司的員工都**傾巢而出**，參加節慶的活動。

👍/👎

聽到朋友不幸遇難的消息，他**如喪考妣**，悲痛萬分。

👍/👎

他自從上任以來，為民眾做了許多好事，政績可謂**罄竹難書**。

👍/👎

在海關的嚴厲打擊下，走私集團**銳不可當**地被搗毀。

👍/👎

褒貶不當。"**巧舌如簧**"形容花言巧語，能說會道。貶義詞。

褒貶不當。"**趨之若鶩**"比喻很多人像鴨子一樣爭着趕去，含貶義。

"**清規戒律**"多指束縛人思想行為的死板的規章制度，含貶義。

褒貶不當。"**人滿為患**"強調人多的壞處，貶義。錯用於表示人很多的情景。

"**傾巢而出**"指全體出動，多用於貶義。

"**如喪考妣**"像死了父母一樣的傷心和着急，含貶義。

褒貶不當。罄：盡。"**罄竹難書**"指把竹子用完了都寫不完，形容罪行多。

"**銳不可當**"形容勇往直前的氣勢，不可抵擋，含褒義。

要是工作中再有個三長兩短，被人抓了把柄，升職就徹底無望。

👍/👎

他臨時客串作演員，表演得竟然也神氣活現。

👍/👎

為了村民權益，村長整天上竄下跳，忙得不亦樂乎。

👍/👎

他課堂上答錯了一道題，結果面紅耳赤，聲名狼藉。

👍/👎

上級兩袖清風，下級就會廉潔自律。如此上行下效，社會自然就廉潔。

👍/👎

即使電視台沒有很高的覆蓋率，也不影響新來的主持聲名鵲起。

👍/👎

警察識破犯罪分子的神機妙算，提前趕到案發地點，抓獲了他們。

👍/👎

這並不是他獨創的見解，只不過拾人牙慧罷了！

👍/👎

"三長兩短"指意外的災禍或事故，也特指死亡，程度很重。

"神氣活現"形容突出地表現得意而又傲慢的樣子，含貶義。

褒貶不當。"上竄下跳"形容四處奔走，多方串連，含貶義。

"聲名狼藉"指名聲敗壞到了極點，含貶義。

"上行下效"含貶義，不用於表示下級以上級為榜樣。

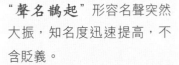

"聲名鵲起"形容名聲突然大振，知名度迅速提高，不含貶義。

"神機妙算"形容計謀高明，褒義。

"拾人牙慧"拾取人家隻言片語當做自己的話，含貶義。

他是邀請外國球隊來訪的始作俑者，他很擔心來訪球隊不肯遣主力上陣。

👍/👎

騙子的行蹤被警察掌握，警察守株待兔，一舉將行騙者抓獲。

👍/👎

知道有人向廉署舉報，這貪官表面上裝作_____，其實已隱約覺得前景不妙。
A. 若無其事
B. 泰然自若

大家認為他提出的這條建議很有價值，都隨聲附和表示贊成。

👍/👎

事物的發展自有它本身的規律，人們只能順水推舟，而不可強求。

👍/👎

我家門口那棵已經死了兩年的樹，又有了死灰復燃的跡象。

👍/👎

"始作俑者"比喻第一個做某項壞事的人或惡劣風氣的開創者，含貶義。

"守株待兔"比喻守着舊有的經驗，不知變通，含貶義。

"隨聲附和"指沒有主見，別人怎麼説，就跟着怎麼説。含貶義。

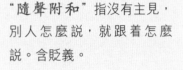

"順水推舟"比喻順着某個趨勢或某種方便説話辦事，常諷刺不堅持原則，含貶義。

兩者都有表面平靜的意思。前者側重於和實際的差別，含貶義；後者形容在緊急情況下沉着鎮定，含褒義。

"死灰復燃"比喻失勢的人重新得勢；或已經停止活動的事物重新活動起來。含貶義。

一個煙頭引起了大火，這棟被燒毀的大樓讓人歎為觀止，唏噓不已。

👍/👎

既然是公共工程，有關部門就應當推波助瀾，促其儘快完工，以造福市民。

👍/👎

目前教學的最大弊端是條分縷析，影響了學生獨立思考能力的形成。

👍/👎

弈棋是風雅的愛好，可助修養性情，並非玩物喪志。

👍/👎

老人回想起年輕時被逼鋌而走險擺攤賣茶的舊事。

👍/👎

一把火讓工廠變成一片焦土，寸草不生，到了萬劫不復的境地。

👍/👎

我們不贊成為了應付考試而走一些投機取巧的所謂捷徑。

👍/👎

聽到有兒童落水了，正在海邊的人們紛紛忘乎所以地跳入水中去營救。

👍/👎

"歎為觀止"是用來讚美所看到的事物好到了極點,褒義詞。

"推波助瀾"比喻推動了壞事物的發展,並幫助它製造聲勢,含貶義。

褒貶不當。"條分縷析"指有條有理地細細分析,含褒義。

"玩物喪志"指只顧玩賞所喜好的東西,因而消磨掉志氣,含貶義。

"鋌而走險"指被迫無奈採取冒險的行動,常指不好的行動。

"萬劫不復"表示永遠不能恢復,誇張過度。

"投機取巧"指用不正當的手段謀取私利;也指靠小聰明佔便宜。含貶義。

"忘乎所以"形容由於過度興奮或得意而忘記了一切,含貶義。

不少英語單詞似是而非，千萬不要望文生義，而誤入陷阱。

👍/👎

據調查，目前中學生中"追星"現象已經蔚然成風。

👍/👎

個別國家在外交問題上的危言危行，只能搬起石頭砸自己的腳。

👍/👎

許多企業為了讓產品打開市場，可以說是無孔不入，花樣翻新。

👍/👎

有些人雖然很富有，但是從不肯拿一分錢去幫助別人，真是為富不仁。

👍/👎

公司主管對我們的關心真是無所不至。

👍/👎

文化產業一旦與資訊數字化結合起來，勢必為虎傅翼。

👍/👎

這位老教授在無所事事中，也依然在思考着他研究的課題。

👍/👎

"望文生義"指從字面上對詞義做牽強附會的理解。

"蔚然成風"形容一件事情逐漸發展盛行,形成一種良好風尚,含褒義。

"危言危行"講正直的話,做正直的事,褒義。

"無孔不入"比喻有空子就鑽,含貶義。

"為富不仁"指謀求富貴,不講仁愛,含貶義。

"無所不至"指甚麼壞事都幹得出來,含貶義。

"為虎傅翼"比喻幫助壞人,增加惡勢力,含貶義。

"無所事事"形容閒着甚麼事都不幹,含貶義。

這個工廠大廈的破爛程度卻是無與倫比的。

👍/👎

在遇到困難的時候，我們要善於虛張聲勢把大家的自信心樹立起來。

👍/👎

他喜歡舞文弄墨，經過這兩年的苦練，也在文藝界有點名聲。

👍/👎

他發表的和平宣言，在國際社會引起強烈的軒然大波。

👍/👎

這麼多的事情都要他一個人處理，使他心勞日拙，極度疲憊。

👍/👎

小明因飾演了電影裏的主角而煊赫一時。

👍/👎

張東信口雌黃地對父母說，考試他一定會考出好成績。

👍/👎

他是一個知恩圖報的人，別人一句安慰的話，他也睚眥必報。

👍/👎

"無與倫比"指事物非常完美，沒有能與它相比的，含褒義。

褒貶不當。"**虛張聲勢**"指假造聲勢，藉以嚇人，含貶義。

"**舞文弄墨**"指玩弄法律條文，曲解其意；或玩弄文辭，耍筆桿子。含貶義。

"**軒然大波**"比喻大的糾紛或亂子，指不好的影響。含貶義。

"**心勞日拙**"指做壞事的人費盡心機，卻越來越無法得逞，處境一天不如一天。含貶義。

"**煊赫一時**"指在一個時期內聲名或氣勢很盛，含有貶義。

"**信口雌黃**"指不顧事實地隨意亂說，含貶義。

睚眥：發怒時瞪眼睛，借指極小的仇恨。"**睚眥必報**"指很小的仇也要報，比喻心胸極狹窄。含貶義。

今天我講的這些非常重要，一言九鼎，希望你們認真思考。

👍/👎

我們班的數學天才小明同學正在異想天開地做數學題。

👍/👎

你別看他衣冠楚楚，其實一肚子陰謀詭計，甚麼壞事都敢做。

👍/👎

他筆下的主人公是那麼完美，用任何溢美之詞去形容都不為過。

👍/👎

他充分調動了民族文化元素，移花接木地應用到舞蹈排練中。

👍/👎

你們的加入使我們的力量大為加強，我們正可以因人成事，幹一番大事業。

👍/👎

正視對方的長處，亦步亦趨，博採眾長，才可以發展自己。

👍/👎

這幾年家鄉經濟發展很快，同時一些不良現象也應運而生。

👍/👎

敬辭錯用。"一言九鼎"形容說話有分量。不能用於自己。

"異想天開"指想法奇怪，很不切實際。含貶義。

"衣冠楚楚"形容人表面上鮮明、整潔，背地裏總是幹一些齷齪的事情。含貶義。

"溢美之詞"指過分讚美的言詞。常誤用於褒義場合。

127

"移花接木"指暗中使用手段，更換人或事物，不合語境。

"因人成事"指依靠別人的力量辦成事情，有時含貶義，有時也表示自謙。

"亦步亦趨"意思是跟着別人走，比喻自己沒有主張。含貶義。

"應運而生"指適應時機而產生，一般用來形容好的事物，不能用在"不良現象"上。

南京大屠殺鐵證如山，有口皆碑，不容抹殺。

👍/👎

經過努力，我終於獲得成功，回想往日的艱辛，怎不沾沾自喜呢？

👍/👎

大量的垃圾食品工廠如雨後春筍般的冒出來了。

👍/👎

網路犯罪成了一種新的違法動向，其背後的黑色產業鏈已嶄露頭角。

👍/👎

貪官污吏慾壑難填，是造成腐敗的重要原因。

👍/👎

春節晚會上，小明振振有詞地誦詩一首。

👍/👎

這起走私案的逃犯在警察的追捕下，在劫難逃，逐一落入法網。

👍/👎

各方宜乘勝追擊海盜，防止海盜殘餘重振旗鼓。

👍/👎

"有口皆碑" 指所有人的嘴都是活的記功碑，比喻到處受到讚揚，含褒義。

"沾沾自喜" 指對自己的成績感到得意，表現一種輕浮的樣子，含貶義。

"雨後春筍" 指新事物大量出現，含褒義。

"嶄露頭角" 比喻突出地顯露才能和本領，多指青少年，含褒義。

"慾壑難填" 指貪心重，沒法滿足。含貶義。

"振振有詞" 形容理由似乎很充分，其實是強詞奪理。含貶義。

"在劫難逃" 原指命中注定要遭受災禍，想逃也逃不了；現在有時借指不可避免的災害。多指好人。

"重整旗鼓" 指失敗後重新匯集力量再幹，此詞不能用作貶義。

姐姐性格孤僻，卓爾不群，平時很少參加社交活動。 👍/👎

正因為他具有自命不凡的理想，才在工作中取得了出色的成績。 👍/👎

她做的好事真是擢髮難數。 👍/👎

這次他到美國參加會議，既向同行學習，又走馬觀花地感受了美國生活。 👍/👎

"卓爾不群" 形容道德、學問的成就超乎尋常,與眾不同。含褒義。

褒貶不當。"自命不凡" 指自以為很了不起,含貶義。

褒貶不當。"擢髮難數" 形容罪行多得數不清。

"走馬觀花" 比喻粗略的觀察事物,含有貶義。多用自謙,用在他人不對。

四、最常搭配錯誤的成語

像他這樣尸位素餐、遊手好閒的局長早就應該被下台了。 👍/👎

他氣得臉色半青半黃，嘴唇哆嗦了半天，甚麼話也說不出來。 👍/👎

他雖樂於助人，但缺乏途徑，所以面對需要幫助的人也感到愛莫能助。 👍/👎

禽流感時有發生，政府必須篳路藍縷，積極作好預防。 👍/👎

能夠應對知識產權糾紛的高級人才是百裏挑一，極其缺乏。 👍/👎

他對這個問題的分析很全面，可謂鞭辟入裏。 👍/👎

"尸位素餐"指的是空佔着職位而不做事,白吃飯。

"半青半黃"僅指莊稼半熟半不熟,也可以比喻其他事物或思想未達到成熟階段。不能用來形容人的臉色。

"愛莫能助"指心裏雖然十分願意幫助,但限於力量或條件卻沒有辦法做到。

"篳路藍縷"形容創業的艱苦,與整個句子的語境不搭。

"百裏挑一"指形容十分出眾,與"極其缺乏"無法並列。

"鞭辟入裏"形容能透徹說明問題,與句子中的"全面"不符。

下班回家，張先生看到妻子已經將飯菜盛好放在餐桌上，一種賓至如歸的感覺油然而生。

👍／👎

二十多年未見面，在這次會議上兩人不期而遇，真是說不出的感慨。

👍／👎

在他的文章中，清詞俊語，不絕如縷。

👍／👎

這種文章下筆千言，謬誤百出，令人不忍卒讀。

👍／👎

兄弟倆原來關係好得不可開交，但自從弟弟結了婚，兩兄弟漸漸形同路人。

👍／👎

本來這是一篇不錯的文章，讓你們改來改去，反而改得不三不四。

👍／👎

一名乘客將司機打得鮮血直流，對這種不可思議的流氓，必須嚴懲不貸。

👍／👎

除了銀河系以外，銀河外星系外還有無數的星辰，真是不勝枚舉。

👍／👎

"**賓至如歸**"用來指客人在主人家裏就像回到自己家裏一樣。老張並不是自己家裏的客人。

"**不期而遇**"指沒有約定，意外碰見。

"**不絕如縷**"用來形容局勢危急或聲音細微悠長。不能用來形容文章中詞語的不斷出現。

"**不忍卒讀**"常用以形容因文章內容悲慘動人，而無法讀下去。

"**不可開交**"指無法擺脱或結束，一般用於"吵、鬧、打"等方面，不能用來形容關係好。

"**不三不四**"指不正經或不像樣子，此處用後一個意思。

"**不可思議**"形容對事物的情況、發展變化或言論不可想像或難以理解，不能用來直接形容人。

"**不勝枚舉**"是形容同一特性可有很多不同的層面或個例等，並非指某物體多得不計其數。

商品供大於求，各大商場銷售不瘟不火，持續低迷。

👍/👎

我喜歡鄉下的寧靜，勝過於都市的車水馬龍。

👍/👎

陳先生上課旁徵博引，這使得文史基礎知識貧乏的學生不知所云。

👍/👎

如不抓住時機，及時見報，這則消息將成為陳詞濫調。

👍/👎

這些罪犯竟然害死了六個人，造成了慘絕人寰的慘案。

👍/👎

通過民間的交往，兩國最終簽訂了城下之盟，希望能保持友好睦鄰關係。

👍/👎

老教授八十壽辰之際，晚輩們送去一塊匾額，上面寫着："祝您老長命富貴"。

👍/👎

遇到突發事件一定要沉着，而不能誠惶誠恐。

👍/👎

"不瘟不火"指戲曲既不沉悶也不急促，不能用來形容銷售狀況。

"車水馬龍"形容來往車馬很多，連續不斷的熱鬧情景。

"不知所云"指説話人語言紊亂空洞，不能用來指聽話人。

"陳詞濫調"指陳腐、空泛的論調。

"慘絕人寰"形容酷刑、屠殺等造成的嚴重悲慘後果。

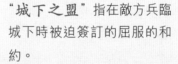

"城下之盟"指在敵方兵臨城下時被迫簽訂的屈服的和約。

"長命富貴"指既長壽又富裕顯貴，用於對小孩的祝福。

"誠惶誠恐"指非常小心謹慎以至達到害怕不安的程度。

在人聲鼎沸的賽場上他能做到充耳不聞、心靜如水。

👍/👎

網路小說情節變幻莫測，出神入化，着實吸引了不少讀者。

👍/👎

他編寫電腦程式思路清楚，出類拔萃，非一般人能比。

👍/👎

文章傾注了強烈的愛憎情感，讀來楚楚動人。

👍/👎

諸葛亮出巧計，出奇制勝，以少勝多。

👍/👎

在見面會上，作者一番講話令少男少女們觸目傷懷、激動不已。

👍/👎

內蒙經濟的發展使它潛在優勢有了出人頭地的一天。

👍/👎

每天到這家著名企業訪問的大學生川流不息。

👍/👎

"充耳不聞"指塞住耳朵不聽，形容有意不聽別人的意見。

"出神入化"極其高超的境界，形容文學藝術達到極高的成就。

"出類拔萃"超出同類之上，多指人的品德才能。

"楚楚動人"本指纖弱的樣子，今多用以形容女子的嬌柔可愛。

"出奇制勝"比喻用對方意料不到的方法取得勝利。

"觸目傷懷"是指看到敗落的景象，心裏感到悲傷。這裏是高興的場面，不合適。

"出人頭地"指高人一等，形容德才超眾或成就突出。一般用來指人。

"川流不息"形容行人、車馬等像水流一樣連續不斷。不用來形容特定的人群。

這樣的喜事讓他猝不及防，感覺像是從地上飛到天上。

年輕的畫家更需要豐富的想像力和摧枯拉朽的創造力。

福克斯在第七十七屆奧斯卡獎角逐中當仁不讓，奪得最佳男主角獎。

他對鄰居家中有幾個孩子，誰多大了，性格怎樣，都能夠_____。

A. 洞若觀火
B. 了如指掌

求人借書，我總是張口而來，大言不慚。

大快人心的是，在這三注巨獎中，居然有內地彩民的功勞。

"猝不及防"指事情突然發生，來不及防。用來形容不好的事情。

"摧枯拉朽"比喻輕而易舉地摧毀腐朽力量，用以形容破壞力，不能用來形容創造力。

"當仁不讓"指遇到應該做的事就要勇於承擔，不謙讓，不推託。與句子的意思不符合。

兩者都有對事物的情況了解得非常清楚的意思，而前者是指對重大的事件的深刻了解，後者則是對一般事物的一般認識。

B

"大言不慚"指説大話而不覺得難為情，句中並沒有説大話的意思。

"大快人心"形容壞人壞事受到懲罰或打擊，使大家非常痛快。

他終於登上了山頂，四顧之下，不禁蕩氣迴腸，感慨萬千。

👍/👎

小明一月結婚，五月升職，十二月得子，今年真可謂是多事之秋。

👍/👎

有了得寸進尺的心態，學生往往就聽不進要先打好基礎的勸告。

👍/👎

這位主持人身材嬌小，看似柔弱，但提問咄咄逼人。

👍/👎

這些豆蔻年華的小青年，怎麼會幹出這些傷天害理的事？

👍/👎

我們是不打不成交，一塊兒幹，殺它個翻天覆地。

👍/👎

山水詩最終能夠在詩壇上獨佔鰲頭，開宗立派，千秋之功當屬謝靈運。

👍/👎

繁花似錦的夏季來臨了。

👍/👎

"荡氣迴腸"指文章、樂曲等十分動人,用在這裏指稱不當。

"多事之秋"指事故、事變,造成一種社會動盪不安的局面。這裏與句義不符。

"得寸進尺"比喻貪心不足,有了小的,又要大的。這裏應該給為"急於求成"。

"咄咄逼人"形容氣勢洶洶,盛氣凌人,使人難堪。

"豆蔻年華"僅指女子十三四歲的年紀。

"翻天覆地"多用做定語,如"翻天覆地的變化"。

"獨佔鰲頭"指第一名,此處不合語境。

"繁花似錦"許多色彩紛繁的鮮花,好像富麗多彩的錦緞。形容美好的景色和美好的事物。

寫作時應刪除繁文縟節，追求簡練樸實的風格。

👍/👎

各種形式的報刊不斷出現，真有風起雲湧之勢。

👍/👎

你是否也應該反躬自問，自己對工作是否認真負責了？

👍/👎

質量是企業的生命，一定要認真對待，絕不能敷衍了事。

👍/👎

鄉村發生了巨大的變化，村民的生活水平也飛黃騰達了。

👍/👎

作者很風趣，文章裏像這樣的有趣片段俯拾皆是。

👍/👎

時間風馳電掣一般飛向前去。

👍/👎

他待人態度謙和，不論遇到誰，都付之一笑。

👍/👎

"繁文縟節"指不必要的儀式或禮節繁多，也比喻多餘瑣碎的手續。不能用來形容寫作。

"風起雲湧"比喻新事物相繼興起，聲勢很盛。

躬：自身；問：檢查。"反躬自問"指回過頭來檢查自己的言行得失。

"敷衍了事"指做事不認真，隨便應付一下，就算把事辦了。用於具體的事情。

"飛黃騰達"比喻一些人的地位提升得很快。不用於生活水平的提高。

"俯拾皆是"形容數量非常多，到處都能得到。

"風馳電掣"形容非常迅速，像風吹電閃一樣。

"付之一笑"指用一笑來對待，形容不屑於理會。

她的嗓音廣厚，吐字清晰，似高山流水，時緩時急。

👍/👎

愚蠢的根深蒂固的人是看不見這種有奇特功能的衣服。

👍/👎

王家姊妹一個是潑辣熱情，一個是溫柔恬靜，可謂各得其所，人見人誇。

👍/👎

新產品的試驗到了關鍵時刻，大家做好增壓準備，功敗垂成就在此一舉了。

👍/👎

博物館的收費可謂各盡所能：有的部分收費，有的分時段收費。

👍/👎

王懿榮第一次遇見龍骨，就刮目相看，從中發現了甲骨文。

👍/👎

崇實中學代表隊和春蕾中學代表隊各執一詞，辯論會上，精彩不斷。

👍/👎

各種花卉，爭奇鬥艷，若用國色天香來形容，實不為過。

👍/👎

"高山流水"比喻知音或樂曲高妙。

"根深蒂固"比喻基礎穩定，不容易動搖。

"各得其所"指每一個人或事情都得到妥善安置。

"功敗垂成"指事業在將要成功的時候遭到了失敗，含有惋惜之意。

"各盡所能"指各人把自身的能力毫無保留地施展或貢獻出來。

"刮目相看"指另眼看待，用新眼光看人。

"各執一詞"指各人堅持各人的說法，形容意見不一致。

"國色天香"原指色香俱備的牡丹花，後來用來形容人的美貌。

這次博覽會聚集了各地各種各樣的新產品，真可謂浩如煙海，應有盡有。

👍/👎

降低強基金費用的政策呼之欲出。

👍/👎

美英多次對伊拉克實施空中打擊，但始終沒有提出一個＿＿＿＿的理由。

A. 光明磊落
B. 光明正大

現在，家鄉樹木已是花枝招展，鳥兒也回來了。

👍/👎

現在像我們這樣的大學生汗牛充棟，比比皆是，根本算不得甚麼。

👍/👎

那幾家家電廠商進入電腦領域時，沒有了揮金如土的派頭。

👍/👎

"浩如煙海"形容文獻、資料等非常豐富。

"呼之欲出"指人像等畫得逼真,似乎叫他一聲就會從畫中走出來。泛指文學作品中人物的描寫十分生動。

"汗牛充棟"形容藏書很多。

"光明磊落"形容心地光明,胸懷坦白,與"光明正大"意思差不多,但前者偏重於人的行為,句中宜用"光明正大"。

B

"花枝招展"形容打扮得十分艷麗,不能用來形容樹。

"揮金如土"是指花錢大手大腳,十分浪費,這裏應改為"一擲千金"。

憑着這個舞台,他們可以導演出許多繪聲繪色的話劇來。

👍/👎

治沙專家用他們堅忍不拔的毅力和辛勤的汗水,鋪設了這道防護林。

👍/👎

戰爭中,最讓考古專家魂牽夢縈的是他們的博物館慘遭洗劫和破壞。

👍/👎

國外的醫生護理精心,護士關心備至,我們的醫院必須見賢思齊,向他們學習。

👍/👎

在繁華的商業街上,觀光購物的人流濟濟一堂,笑容滿面。

👍/👎

他既想報香港中文大學,又想報理工大學,真是見異思遷。

👍/👎

就在那一瞬間,大黃狗忽然戛然而止,不再跟車追趕。

👍/👎

他們選擇和佈置這麼一個場面來作為迎春的高潮,真是匠心獨運。

👍/👎

"繪聲繪色" 形容描寫生動逼真。

"堅忍不拔" 形容意志堅定，不可動搖。

"魂牽夢縈" 形容萬分思念。

"見賢思齊" 指見到德才兼備的人就想趕上他，只用於人與人之間。

"濟濟一堂" 形容很多有才能的人聚集在一起。

"見異思遷" 形容意志不堅定，喜愛不專一或不安心工作，見到別的工作就想改行。

"戛然而止" 指聲音突然終止。

"匠心獨運" 指獨特的具有創造性的藝術構思。

他為人熱情，工作兢兢業業，總是細心地為每個人做好每一件事。

👍/👎

沒有內容的文章，無論文字如何優美，也只是金玉其外，敗絮其中。

👍/👎

今天下午，同學們精神矍鑠地上了兩節生動活潑的語文課。

👍/👎

200 米預賽上，聽到發令槍響，小明就像驚弓之鳥一樣飛奔向前。

👍/👎

朝鮮正在緊鑼密鼓地進行衛星發射的各項工作。

一場_____的實兵實裝演練在大漠深處展開。
A. 驚心動魄
B. 驚天動地

👍/👎

"兢兢業業"形容工作認真、謹慎。

"金玉其外,敗絮其中"指外表華美,裏頭一團糟,常比喻不學無術,徒有堂堂外表的人。句中用來指文章,弄錯適用物件。

"精神矍鑠"僅指老人身體強健,不失風采。

"驚弓之鳥"比喻受過驚嚇的人碰到一點動靜就非常害怕。

"緊鑼密鼓"比喻公開活動前的緊張氣氛和輿論準備。

兩者都有聲勢很大的意思,但前者側重於給人的感受,後者更強調結果造成的影響。

A

目前雖然有些領域已經實現了電腦控制，但這對實現全面智能化不過是九牛一毛。

👍/👎

防止疫情流行，是地震後災區刻不容緩的頭等大事。

👍/👎

小明一家十多年來和睦相處，互敬互愛，真可謂舉案齊眉。

👍/👎

這首膾炙人口的網絡歌曲竟然還有點民歌的味道。

👍/👎

為了充實他的奇石王國，他常常慷慨解囊，上門求購別人珍藏的奇石。

👍/👎

這個英明論斷是牢不可破的，是放諸四海而皆準的。

👍/👎

小明弄不懂，為甚麼平日他那些可歌可泣的行為不被人重視？

👍/👎

他家十口人，在戰亂時期勞燕分飛，至今仍然音訊全無。

👍/👎

"九牛一毛"指很大數量中微不足道的一點兒，極輕微，不值得一提。不能表達句中所要表達的"作用小"的意思。

"刻不容緩"形容十分急迫，一刻也不能往後推。

"舉案齊眉"僅形容夫妻相敬。

"膾炙人口"原來比喻美味人人愛吃，後來比喻美好的詩文人人稱讚傳頌。

155

"慷慨解囊"指資助別人很大方，不能指用在自己身上。

搭配不當。"牢不可破"一般指友誼、團結等牢不可破。

"可歌可泣"形容英勇悲壯的感人事跡，不能用在普通人物身上。

"勞燕分飛"指夫妻或者情侶兩個人分離，不是一家人。

他們在惡劣的環境中工作，從未退縮過，並樂此不疲。

👍/👎

報紙改版後與民生相關的資訊明顯增多，服務意識力透紙背。

👍/👎

這篇文章把那些否認"藝術源於生活"的論點批駁得＿＿＿＿。

A. 淋漓盡致

B. 體無完膚

歷史學家勵精圖治，為我們留下了豐富的歷史著作。

👍/👎

王小明和李剛既是同鄉又是同學，兩小無猜，籃球場上配合得非常好。

👍/👎

新生入校第一次測試，結果是成績懸殊，良莠不齊。

👍/👎

“樂此不疲”指因酷愛幹某事而不感覺厭煩，形容對某事特別愛好而沉浸其中。

“力透紙背”指筆鋒簡直要透到紙張背面，形容寫字、畫畫筆力遒勁。

“淋漓盡致”形容文章、說話表達得充分、詳盡，或痛快到了極點；“體無完膚”比喻理由全部被駁倒，或被批評、責罵得很厲害。

“勵精圖治”形容振奮精神，力求把國家和地方治理好，主要指精心治理國家，適用物件極為有限。

“兩小無猜”指幼年男女天真無邪，相處融洽，不用來指朋友關係。

“良莠不齊”比喻好人壞人混雜在一起。不用於指水平、成績等。

小明的房子裝修得十分豪華，大理石地面，漂亮的吊燈，真是琳琅滿目。

👍/👎

黑色的考試季節漫不經心地就來了。

👍/👎

我們要學會在鱗次櫛比的書架上選擇優秀的讀物。

👍/👎

露露經常和我眉來眼去的，我們漸漸成了好朋友。

👍/👎

入夜，擴建後的道路華燈齊放，流光溢彩。

👍/👎

博物館的石刻人物，形象栩栩如生，美輪美奐。

👍/👎

救災物資絡繹不絕地到達災區，災民們終於有了希望。

👍/👎

雖然這個店的招牌換了幾次，但因其服務質量差，顧客仍然門可羅雀。

👍/👎

"琳琅滿目"比喻各種美好的東西很多，主要突出數量。

"漫不經心"指人對事隨隨便便，不放在心上。

"鱗次櫛比"一般用來形容建築物多。

"眉來眼去"形容用眉眼傳情，多指不正當地勾搭。

"流光溢彩"光像在流動，色彩像要溢出來，一般用來形容車燈、霓虹等，或時裝表演和珠寶。

"美輪美奐"形容房屋高大華麗。

"絡繹不絕"形容行人、車馬來往不絕，連續不斷。

主謂搭配不當。"門可羅雀"形容賓客很少，十分冷落，或社會交往很少，主語不能是"顧客"。

這些人對個人利益斤斤計較，卻漠不關心廣大百姓的疾苦。

👍/👎

每一名中學生都應遵守學校的規章制度，學好全部課程，做一個_____的中學生。

A. 名不虛傳

B. 名副其實

去年冬天，福建出現了難能可貴的霧凇奇觀。

👍/👎

王老師雖說已退休，但是做事積極，顯示出他是個年富力強的人。

👍/👎

貨櫃上擺滿了珠寶、翡翠、玉雕等等，品種齊全，真是_____。

A. 目不暇接

B. 應接不暇

也許是年事漸高之故吧，兒子在學習上變得格外主動。

👍/👎

"漠不關心"形容對人對事冷淡，一點也不關心，它的後面一般不帶賓語。

"名不虛傳"流傳開來的名聲與實際相符；"名副其實"是指名義和實際相符。

"難能可貴"指不容易做到的事居然能做到，非常可貴。用於表揚人，不能用於讚美景物。

B

"年富力強"指年輕人身體強壯，精神充沛。

"目不暇接"與"應接不暇"都有眼睛看不過來的意思。"目不暇接"的對象是靜止不動的物品，而"應接不暇"的對象是相對運動的景物、人或事情。

"年事漸高"指老年人的歲數漸漸變大了。

A

少年時的不幸遭遇和痛苦經歷，使他念念不忘。

👍/👎

搶救與保護民間工藝，已經成為迫在眉睫的事。

👍/👎

許多家長不切實際地對孩子提出過高的要求，常常是弄巧成拙。

👍/👎

經過醫院的治療，這位昏迷40多天的病人竟然起死回生，開口說話了。

👍/👎

為了籌建南極觀測站，他嘔心瀝血，現在終於成功了。

👍/👎

記者到工廠採訪，看到大樓拔地而起、氣貫長虹時，不停地嘖嘖讚歎。

👍/👎

環境污染越來越嚴重，因此環境意識的啟蒙迫不及待。

👍/👎

這座破舊的廟宇如今裝修一新，看起來古樸莊嚴，氣宇軒昂。

👍/👎

"念念不忘"形容牢記心上，時刻不忘，一般不用於不幸和痛苦的事情。

"迫在眉睫"比喻事情十分緊急，就像已經逼近了眉毛和睫毛一樣。

"弄巧成拙"指欲耍弄技巧，結果反做了蠢事，與句義不符，應改為"揠苗助長"。

"起死回生"形容醫術或技術高明，也比喻把處於毀滅境地的事物挽救過來。

"嘔心瀝血"形容為了工作或是某些事情苦苦思索，費盡心血。

"氣貫長虹"形容精神極其崇高，氣概極其豪壯，不能用來形容建築物。

"迫不及待"用於指人的急迫心情，它是一個形容詞性的成語，不做動詞。

"氣宇軒昂"形容人很有氣概，不能形容建築物。

這次藝術節辦得千姿百態，全校師生交口稱讚。

👍/👎

他人聰明，稍加努力，趕上他們班長，甚至青出於藍，是完全可能的。

👍/👎

藝人一言一行被許多青少年潛移默化地模仿。

👍/👎

蒼山如屏，洱海如鏡，真是巧奪天工。

👍/👎

爺爺動脈硬化，兩隻手會＿＿＿＿地抖動起來，已經多年不寫東西了。

A. 情不自禁
B. 不由自主

隨着雙邊關係的改善，中俄兩國終於結為秦晉之好。

👍/👎

"**千姿百態**"形容姿態多種多樣或種類十分豐富,不能用來形容節目的精彩程度。

"**青出於藍**"指學生超過老師。

"**潛移默化**"指人的思想或性格受其他方面的感染而不知不覺地起了變化,不能用來修飾"模仿"。

"**巧奪天工**"意思是人工的精巧勝過天然,形容人工技藝精妙,多指工藝美術、園林等。

"**情不自禁**"指無法控制感情;"**不由自主**"指無意識地做某事。

"**秦晉之好**"泛指兩家聯姻。

B

小明是我青梅竹馬的朋友，當時我們像兄弟一樣在一起玩。

👍/👎

上一所好的大學，對學習成績很一般的小明來說，確實是一項任重道遠的任務。

👍/👎

魯迅一生坦蕩無私、光明磊落、求全責備自己。

👍/👎

信中，龐女士由衷地稱讚國內日新月異的發展速度。

👍/👎

張家媽媽過來拉着小蘭的手全神貫注地跟她拉起了家常。

👍/👎

只有堅持借鑒和創新並舉的原則，才能使文學的百花園呈現出如花似錦的景象。

👍/👎

他想冷靜地分析一下這燃眉之急的緊張情況。

👍/👎

浪濤拍過礁石，如雷貫耳，轟隆隆地響。

👍/👎

"青梅竹馬"形容男女兒童天真無邪，在一起玩耍。

"任重道遠"比喻責任重大，而且要經歷長期的奮鬥，一般用於比較重大的事件上。

搭配不當。"求全責備"指對人對事物要求十全十美，毫無缺點，後面一般不帶賓語。

"日新月異"形容發展變化快，不斷出現新事物、新氣象，不能用於速度上。

"全神貫注"形容注意力高度集中。

"如花似錦"形容風景或前程美好，不合語境。

"燃眉之急"形容非常緊迫的事情，不做定語，常充當賓語。

"如雷貫耳"比喻人的名聲極大。

他這樣做自以為很穩妥，其實是*如履薄冰*，稍不注意就會出現錯誤。

👍/👎

他煞有介事地說："我收藏的那個花瓶值一百多萬"。

👍/👎

她將一個交際花演得維妙維肖，入木三分。

👍/👎

不管是誰說的，我們必須查它個_____才是。

A. 山窮水盡

B. 水落石出

👍/👎

包圍圈越縮越小，這群歹徒已成喪家之犬，無處可逃。

👍/👎

朋友送了我一套令人賞心悅目的《安徒生童話》郵票。

👍/👎

球員和主教練在出場費上意見不合，終於琴瑟失調，不得不分手。

👍/👎

李教授的報告聯繫生活實際，深居簡出，贏得了高度評價。

👍/👎

"如履薄冰"強調主觀心態之謹慎小心，而非客觀情況之危急。

"煞有介事"指裝模作樣，活像真有那麼一回事似的。多指大模大樣，好像很了不起的樣子。

"入木三分"形容書法筆力強勁，也比喻見解、議論深刻，不能用來形容演戲。

"山窮水盡"比喻無路可走陷入絕境；"水落石出"比喻事情終於真相大白。

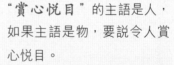

"喪家之犬"比喻失去倚仗，無處投奔的人。

"賞心悅目"的主語是人，如果主語是物，要説令人賞心悅目。

"琴瑟失調"比喻夫婦不和，不能用於其他人物關係。

"深居簡出"指常呆在家裏，很少出門。

金先生的文章和聊天一樣生機盎然。

👍/👎

只要你＿＿＿＿＿，到抗洪搶險的現場去，你就會被那種捨己為人的精神所感動。

A. 設身處地
B. 身臨其境

幫助別人不能暴風驟雨般生吞活剝地去解決問題。

👍/👎

每逢節假日，大街兩旁的店舖，就會顧客盈門，生意蔥蘢。

👍/👎

這幅作品以其獨特而深入淺出的構思獲得了一等獎。

一隻癩蛤蟆嚇得他失魂落魄地驚叫起來。

👍/👎

👍/👎

"**生機盎然**" 形容生命力旺盛的樣子。

"**設身處地**" 是想像自己在某種境地；"**身臨其境**" 不是想像，是真正到了某種境地。

"**生吞活剝**" 比喻生硬的接受或機械的搬用經驗、理論等，針對接受者而言。

B

"**生意蔥蘢**" 形容草木生機盎然，茂盛青翠。

"**深入淺出**" 指講話或文章的內容深刻，語言文字卻淺顯易懂，不用於繪畫作品。

"**失魂落魄**" 形容驚慌憂慮、心神不定、行動失常的樣子，不能做副詞。

幾十年來，香港發生了石破天驚的變化。

👍/👎

我的心在＿＿＿＿的胸腔裏咚咚直跳。

A. 瘦骨嶙峋

B. 骨瘦如柴

👍/👎

他們沿着兩米寬的拾級而上的碎石山道，不一會就到了天后廟。

👍/👎

一到當地就受到追棒，大熊貓受寵若驚，居然一晚上都躲在樹上。

👍/👎

神話是世代相承的口頭文學，不少創作於有史以前。

👍/👎

這位老人真摯的愛國情懷，讓每一位參觀者受益匪淺。

👍/👎

母親一走進花叢，那些花就手舞足蹈，像見到了親人。

👍/👎

對於賽場上的犯規行為，裁判熟視無睹。

👍/👎

"石破天驚"多用來比喻文章議論新奇驚人。

兩者都有形容人很瘦的意思，後者更側重從整體上説。

A

"拾級而上"指人向上登攀，不能用於描寫山道。

"受寵若驚"指因受到意外的寵愛或賞識而感到驚喜和不安，與句義不符。

"世代相承"側重於血統、派別種族的繼承，應改為"世代相傳"。

"受益匪淺"指收穫不小，有很大的收穫，一般指思想精神方面。

"手舞足蹈"形容高興到了極點，這裏用了擬人的手法。

"熟視無睹"指看慣了就像沒看見一樣，也指看到某種現象，但不關心，只當沒有看見。應改為"視而不見"。

我們都司空見慣了那種"違者罰款"的告示牌。

👍/👎

窗下的兩棵桂樹，香味絲毫不濃烈，餘溫般絲絲入扣。

👍/👎

詞，經過詞人們的不斷創造，終於＿＿＿＿＿，成為高雅的文學形式。
A. 水到渠成
B. 瓜熟蒂落

這些作品獲獎後沒有＿＿＿＿＿，而是嘗試走市場化的道路，向電影商拍賣。
A. 束之高閣
B. 置之不理

我生來性格倔強，心直口快，決不贊成你這種似是而非的態度。

👍/👎

狂風在陸地上亂發威風，在海洋上更是肆無忌憚了。

👍/👎

"司空見慣"形容經常看到的事物，不足為奇。作動詞時，一般不帶賓語。

"絲絲入扣"比喻做得十分細緻，有條不紊，一一合拍。不能用來形容味道。

兩者都有放在一邊不予理睬的意思；但"束之高閣"多指肯定事物的某些價值而由於某些原因暫時不理睬；"置之不理"多指完全否定事物的價值而不理睬。

A

"似是而非"指好像對而實際上並不對，不能用來修飾"態度"

"水到渠成"偏重於事情的成功；"瓜熟蒂落"偏重於事情發展有了結果。

B

"肆無忌憚"形容非常放肆，一點沒有顧忌。

最近又是手足口病的高發期，真是聳人聽聞，大家一定要加強自我防護。

👍/👎

雖然別人很高興地收下了我的禮物，但我心裏卻提心吊膽，總覺得些輕了。

👍/👎

這次財務策劃師考試，有些人竟對"版稅"這一基本知識素昧平生。

👍/👎

兒子都這麼大了，你還想摟着他睡覺，簡直是天方夜譚。

👍/👎

看了世貿大樓廢址以後，遊人無不神色黯然，歎為觀止。

👍/👎

《西遊記》的情節簡直是天花亂墜。

👍/👎

比賽快開始了，各國參賽運動員滔滔不絕地進場了。

👍/👎

同學們在一起開篝火晚會，歡聲笑語，盡情地享受天倫之樂。

👍/👎

"聳人聽聞"故意説誇大的話或驚奇的話，不合句義。

"提心吊膽"形容十分擔心和害怕，不合語境。

"素昧平生"指與人從未見過面，不能指事物。

"天方夜譚"比喻虛誕、離奇的議論。不能用來形容動作。

主語是人，用"歎為觀止"；如果主語是物，要説"令人歎為觀止"。

"天花亂墜"指説得極為動聽，多指誇大或不切實際。只能用來形容説話。

"滔滔不絕"指話很多，説起來沒個完。

"天倫之樂"指父子、兄弟、夫妻、親戚之間的關係；不能用來指同學之間的關係。

老師對這兩個同學的態度真是天壤之別。

👍/👎

這兩名宇航員在飛行過程中配合得天衣無縫。

他們倆配合默契，多次獲獎，真是一對天作之合的雙打組合。

👍/👎

👍/👎

第三世界國家的核武器，在數量與質量上都不可能與美國同日而語。

👍/👎

我喜歡無拘無束、天馬行空地胡思亂想。

直到受到處分後，他才痛定思痛地說："後悔當初沒有聽長輩的教育。"

👍/👎

👍/👎

"**天壤之別**"形容差別很大。

"**天作之合**"比喻夫妻姻緣美滿的。

"**天衣無縫**"比喻詩文渾然天成，沒有一點雕琢的痕跡。也比喻事物完美自然，沒有一點破綻或缺點。這裏應改為"滴水不漏"。

"**同日而語**"即相提並論，把不同的人或不同的事放在一起談論或看待，只用於否定句。

"**天馬行空**"比喻詩文、書法等氣勢豪放，不受拘束。

"**痛定思痛**"指悲痛的心情平靜以後，再追想當時所受的痛苦。

號聲一響，班長一聲"立正"，熱火朝天的操場，頓時＿＿＿＿。
A. 鴉雀無聲
B. 萬籟俱寂

兒子因車禍致殘，張師傅對這件痛心疾首的事，心中鬱悶至今。

👍/👎

他為村民做了很多好事，村民也給了他很多榮譽，這真是投桃報李。

👍/👎

實現"人機對話"已是唾手可得。

👍/👎

為了讓他的心情平靜，請大家網開一面，不要再把他拉入輿論的漩渦中。

發現文物，並把它完美無缺地取出並加以研究，是件困難的事。

👍/👎

👍/👎

"痛心疾首"形容痛恨到極點。

"鴉雀無聲"重在表示人聲消失，或人群聚集的場所極安靜，人們默不作聲；"萬籟俱寂"重在表示沒有任何聲響，到處非常寂靜。

A

"投桃報李"表示朋友間的贈答來往，不用於一般人之間。

"唾手可得"比喻非常容易得到，不指容易實現。

"網開一面"比喻從寬處理罪犯。

"完美無缺"指完善美好，沒有缺點。一般做形容詞，不做副詞。這裏應改為"完整無缺"。

他妄自菲薄別人，在班裏很孤立。

👍/👎

優秀的演員總能把劇中人物的內心世界表演得_____。

A. 惟妙惟肖

B. 栩栩如生

我和阿明從小學到中學都是同班同學，可算是忘年之交。

👍/👎

要創造佳績，就必須克服畏首畏尾的保守思想。

👍/👎

雖然這次獲獎的希望微乎其微，但是大家仍然在努力着。

歐洲國家的工業生產萎靡不振。

👍/👎

👍/👎

"妄自菲薄"指過分看輕自己，形容自卑。只能用於自己，不能用在別人身上。

"忘年之交"指年齡不相當的人結成的深厚友誼。

兩者都有表現得非常的逼真的意思。"惟妙惟肖"偏重於酷似，即"肖"，"栩栩如生"意為像活的一樣，即"如生"。"惟妙惟肖"還可以表現人的表演和模仿非常逼真傳神；"栩栩如生"多指藝術作品，不用來表現人的活動。

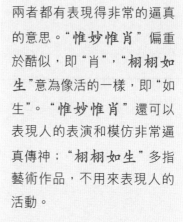

"畏首畏尾"比喻做事膽子小，顧慮多。

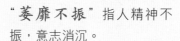

"微乎其微"形容非常小或非常少，一般指數量或體積等具體的東西。

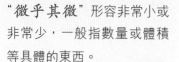

"萎靡不振"指人精神不振，意志消沉。

明星做廣告本_____，但面對廣告中的真實的謊言，明星們是否也該想一想觀眾怎麼想。
A. 無可厚非
B. 無可非議

這孩子，基礎不太好，讀書又無動於衷，成績怎麼會提高呢？

很多電視劇的續集都不如原來的好看，這是_____的。
A. 無庸置喙
B. 毋庸置疑

為幫助小明提高運動成績，加強練習，雖然有點操之過急，但從事理上講_____。
A. 無可厚非
B. 無可非議

“**無可厚非**”指説話做事雖有缺點，但還有可取之處，應予諒解；“**無可非議**”指沒有甚麼可以指責的，表示做得妥當。

B

“**無動於衷**”指對某事內心毫無觸動，常用於令人感動的事情。作謂語，不帶賓語。

“**無用置喙**”指不容插嘴，主要指在説話和議論方面；“**毋庸置疑**”指事實明顯或理由充分，沒有懷疑的餘地。

A

B

為貧困地區捐的衣物,已把倉庫堆滿,簡直到了無以復加的地步。

👍/👎

NBA 東區決賽,活塞隊獲勝,主帥布朗喜形於色。

👍/👎

水與生命的起源是息息相關的。

👍/👎

兩位闊別多年的老友意外地在一條小巷裏狹路相逢。

👍/👎

本刊將洗心革面,決心向文學刊物的高層次、高水準攀登。

👍/👎

在家裏,爸爸做事總是先斬後奏,做了以後才讓我們知道。

👍/👎

失蹤多年的爺爺突然回來了,全家人都喜出望外。

👍/👎

他們兩家是多年的老鄰居,一直相敬如賓、關係和睦。

👍/👎

"**無以復加**"指無法再添
加，形容程度達到了極點，
不能用來形容數量。

"**喜形於色**"形容抑制不住
內心的喜悅，高興的樣子都
表現在了臉上。

"**息息相關**"指呼吸相關
聯，比喻關係密切，一般不
用於人與人。

"**狹路相逢**"指仇人相遇，
難以相容。

"**洗心革面**"指清除舊思
想，改變舊面貌，比喻徹底
悔改。一般用於人，不用在
物的身上。

"**先斬後奏**"用於下級把事
情處理完後再向上級報告，
不適用於平輩關係或上對
下。

"**喜出望外**"指由於沒有想
到的好事而非常高興。

"**相敬如賓**"指夫妻相互尊
敬，如同對待客人一樣。不
能用於鄰居之間。

馬爾克斯的其他著作都不能和《百年孤獨》相提並論。

👍/👎

鴿子利用地球磁場來導向，相映成趣的是，有一種細菌也能感應地球磁場。

👍/👎

學習和復習，是取得和鞏固知識的兩個方面，兩者＿＿＿＿，缺一不可。
A. 相輔相成
B. 相得益彰

巴黎街道把古典韻味和現代時尚融為一體，既充滿反差，又＿＿＿＿。
A. 相輔相成
B. 相得益彰

他不動聲色，宵衣旰食地謀劃公司的改革。

👍/👎

為逃避警察追捕，這些販毒窩點曾一度銷聲匿跡。

👍/👎

"相提並論"把不同的人或不同的事放在一起談論或看待。

"相映成趣"指相互襯托着,顯得很有趣味,很有意思。用在這裏不恰當。

兩者都由兩個事物相互配合的意思,前者側重於讓雙方的能力和特點更好地顯現。而後者側重於讓整體的功能更好發揮。

B

"宵衣旰食"形容勤於政務。此處使用範圍不當。

A

"銷聲匿跡"形容隱藏起來或不公開出現,一般指有生命的活的生物。

西貢碧波萬頃，遠山如翠，真是讓人心曠神怡啊！

👍/👎

十多座井架星羅棋佈地聳立着。

👍/👎

他剛開始徒手攀岩的時候還心有餘悸，時間長了就習以為常了。

👍/👎

雖然面對的是陌生的環境，但是她的態度舉止，還是如行雲流水。

👍/👎

老師一番道理說得小明心悅誠服。

👍/👎

住宅門前裝有電鈴，鈴雖設而常不響，豈不形同虛設？

👍/👎

清理者將遊客丟棄在景點的垃圾信手拈來，集中帶到山下。

👍/👎

出發前，教練又講了一遍比賽策略，讓我們每個人都做到胸有成竹。

👍/👎

"**心曠神怡**"指心境開闊，精神愉快。

"**星羅棋佈**"指像星星、棋子似的羅列分佈，與語境不符。

"**心有餘悸**"只用於對過去發生過的事還感到害怕。

"**行雲流水**"比喻自然不拘束（多指文章、歌唱等）或指動作連貫流暢，用在這裏指稱不當。

"**心悦誠服**"指愉快地接受某種觀點、事實等，誠心誠意地信服或服從。

"**形同虛設**"指形式上雖有，卻不起作用，如同沒有一樣。

"**信手拈來**"指隨手拿來，形容寫文章時辭彙或材料豐富，不費思索，就能寫出來。撿垃圾不能用"**信手拈來**"。

"**胸有成竹**"比喻處理事情心裏先有主意，有成算，與句義不符。

打完這場比賽，還有一場更艱苦的，有人趁乘車時間休息一會，以休養生息。

👍/👎

發展學生的智力必須與培養學生的非智力因素結合起來，二者休戚相關。

👍/👎

夏日的南湖，風光旖旎、水光潋灩，秀色可餐。

👍/👎

自小博覽群書的他，性格內向，沉穩安靜，秀外慧中。

👍/👎

在茫茫沙漠之中，缺糧少水，我們大家只有＿＿＿＿才能共渡難關。
A. 休戚與共
B. 患難與共

她扮演的慈禧太后栩栩如生，演得真絕了。

👍/👎

“休養生息”指在戰爭或社會大動盪之後，政府減輕人民負擔，安定生活，恢復元氣。

“休戚相關”形容關係緊密與利害相關。句中並沒有涉及利害的關係。

“秀色可餐”形容女子姿容非常美麗或景物非常優美。

“秀外慧中”指女性漂亮又聰明。不能用來指男性。

“休戚與共”指同歡樂共悲哀；“患難與共”指共同承擔危險和困難。

“栩栩如生”形容文學、藝術作品對人和其他生物的形象，描寫得非常逼真。

B

新型的環保產品洋洋大觀，層出不窮。

👍/👎

有些人寧願＿＿＿＿＿，照老辦法慢慢做，也不肯設法提高工作效率。
A. 安分守己
B. 循規蹈矩

大霧把甚麼都遮沒了，連稍遠處的電線杆也躲得杳無音訊。

👍/👎

不能因為有了好成績就連失誤也一筆抹殺了。

👍/👎

國際金融經濟論壇下午三時開始，但是不到兩時，走廊上就站滿了嚴陣以待的記者。

目前家電市場硝煙瀰漫，空調降價大戰一觸即發。

👍/👎

👍/👎

"洋洋大觀"形容事物豐富多彩，極為壯觀。用在此處程度太重，顯得太過。

"杳無音訊"形容一直得不到對方的消息，不能用在具體的事物上。

兩者都有守本分，不越軌的意思。"安分守己"是規矩老實，守本分；"循規蹈矩"指遵守規矩，不輕舉妄動或拘守舊準則，不敢稍有變動。

"一筆抹殺"指把成績、優點全部勾銷或全盤否定。一般不用於否定錯誤或罪行。

"嚴陣以待"指擺好嚴整的陣勢等待來臨的敵人。

"一觸即發"比喻事態發展到了十分緊張的階段，一觸動就會爆發。

如果怕麻煩，最好想出一勞永逸的解決辦法。

👍/👎

賽場上個別運動員的急躁情緒，往往會導致全隊一瀉千里，不可收拾。

👍/👎

只見他奮筆疾書，一氣呵成，一篇佳作便展現在大家面前。

👍/👎

書面語和口語互相制約，書面語不能脫離口語一意孤行。

👍/👎

他當時不在場，對這件事情一竅不通，你們就不要問他了。

👍/👎

老師不僅認真地進行講解，還頤指氣使，示意大家積極發言。

👍/👎

經過修復的北京故宮，其古樸、莊嚴的風格一如既往。

👍/👎

歐・亨利的小說情節起伏跌宕，抑揚頓挫。

👍/👎

"一勞永逸"指辛苦一次，把事情辦好，以後就可以不再費力了。

"一瀉千里"形容江河奔流直下或文筆、樂曲氣勢奔放，也形容價格猛跌不止。不能用於形容情緒。

"一氣呵成"形容文章結構緊湊，文氣連貫；也比喻做一件事安排緊湊，迅速不間斷地完成。

"一意孤行"指不接受別人的意見，完全按照自己的想法去做，這裏用了擬人的手法。

197

"一竅不通"指甚麼都不懂，應改為"一無所知"。

"頤指氣使"指說話只用面部表情來示意，形容有權勢的人傲慢的神態。用在這裏和語義不合。

"一如既往"指態度沒有變化，完全和從前一樣。

"抑揚頓挫"指聲音的高低起伏和停頓轉折，不能用來形容故事情節。

爸爸看到被老鼠啃壞的箱子，義無反顧地去買了一塊黏鼠板。

👍/👎

由於發表網路歌曲的門檻很低，這也造成了網路歌曲創作魚目混珠。

👍/👎

十年來，他的病一直不見好轉，他怎能不憂心忡忡？

👍/👎

面對激烈的競爭，我們不應該怨天尤人，更不應該妄自菲薄。

👍/👎

我們應該將嚴肅、凝重的電影評論策劃得有聲有色、平易近人。

👍/👎

你縱使有運斤成風的臂力，也舉不起這巨石。

👍/👎

在地攤上買藥要特別小心，魚龍混雜的東西多得很。

👍/👎

聽到我們班得冠軍的消息，同學們都高興得載歌載舞起來。

👍/👎

"義無反顧"指為了正義而勇往直前。用在這裏和語境不符。

"魚目混珠"指拿假的充當真的。

"憂心忡忡"形容憂愁很深。

尤:歸咎。"怨天尤人"指遇到挫折或出了問題,一味抱怨天,責怪別人。

"有聲有色"指形容説話、表演等生動形象的樣子 。不能用在策劃上。

斤:斧頭。"運斤成風"比喻手法熟練,技術神妙。

"魚龍混雜"指好人和壞人混在一起。

"載歌載舞"多用作謂語,通常用來形容一些歡樂的大型場面。

我們希望他奪取世界冠軍之後再接再厲，不斷帶給人們驚喜。

👍/👎

一份美國陸軍秘密報告書昭然若揭——日軍侵華時確曾使用毒氣。

👍/👎

鈴聲一響，歐陽教授便正襟危坐地走上講台。

👍/👎

西藏高原的雪山中也有熱帶風光，長着香蕉和鳳梨，這真是令人＿＿＿＿的事情。
A. 嘖嘖稱道
B. 嘖嘖稱奇

"**再接再厲**" 比喻繼續努力，再加一把勁。

"**昭然若揭**" 指真相全部暴露，一切都明明白白。不帶賓語，常和"使"連用。

"**正襟危坐**" 形容恭敬嚴肅的樣子。它的字面意思是正正衣襟，端正地坐着，因而這個成語只能用來形容坐着的人，不能形容人的站相或者走相。

"**嘖嘖稱道**" 是讚揚；"**嘖嘖稱奇**" 是感歎奇異。

B

他在花園裏，指手劃腳地練動作，抑揚頓挫地背台詞。

👍/👎

我們天天看到榕樹，卻置若罔聞，不去研究它生長的規律。

我們只能透過那些紙醉金迷的晉商大院來遙想晉商當年的風采。

👍/👎

👍/👎

現在生產汽車的工廠越來越多，因此汽車降價是眾望所歸。

👍/👎

如果你把全班同學的強烈抗議置之度外，一意孤行，必將自食其果。

她總是穿金戴銀，珠圓玉潤，一身珠光寶氣，十分庸俗。

👍/👎

👍/👎

"**指手劃腳**" 形容説話時用手勢示意或輕率地指點、批評。

"**紙醉金迷**" 形容叫人沉迷的奢侈繁華環境。用在這裏不合語境。

"**置若罔聞**" 指放在一邊不管，好像沒有聽見。對於天天見而不重視的情況不能叫 "**置若罔聞**"，可用 "熟視無睹"。

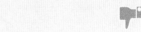

"**眾望所歸**" 指眾人的信任、希望歸向某人。不合語境。

"**置之度外**" 指不把個人的生死利害等放在心上。

"**珠圓玉潤**" 形容文詞圓熟流暢，或者歌聲圓潤婉轉，不能用來指身材。

謊言讓他感到惴惴不安，終於，他鼓足勇氣，走到了老師面前。

👍/👎

愛學習的人總是孜孜不倦地汲取知識養分。

👍/👎

大家學習的時候，小明一直在玩，要大考了，他天天開夜車，結果得了大病，真是_____。

A. 自作自受
B. 自食其果

煩惱、痛苦是人生的一部分，我們何必自怨自艾，放棄理想呢？

👍/👎

談起互聯網，這個孩子竟然說得頭頭是道，左右逢源。

東京交通縱橫捭闔，擁堵狀況很少出現。

👍/👎

"惴惴不安"形容因害怕或擔心而感到不安。

"自作自受"指自己做錯了事,自己承受惡果;"自食其果"指自己犯了罪,自己承擔責任,罪有應得。

"孜孜不倦"指工作或學習勤奮不知疲倦。不能形容吸收知識。

A

"自怨自艾"原指悔恨自己的錯誤,自己改正。現在只指悔恨。

"左右逢源"原指賞識廣博,應付自如;或做事得心應手,非常順利。用在小孩身上,詞義過重。

"縱橫捭闔"指政治外交上採取分化、瓦解和拉攏的手段。

五、最常犯邏輯錯誤的成語

我去孤兒院看望那些孩子，溫暖的場面使我感同身受。

👍/👎

汽車無法行走，搶險隊員們只好安步當車，跋涉一個多小時趕到了大壩。

👍/👎

聽說這位氣功大師能發功治病，今天親眼目睹，果不其然。

👍/👎

民風淳樸，風調雨順讓這裏的人民的生活安居樂業。

👍/👎

地震過後，緊接着就是洪水，使得這一地區到處哀鴻遍野。

👍/👎

上司特意交待他，到那裏可以便宜從事，全權處理。

👍/👎

"感同身受" 指心裏很感激，就像自己親身領受到一樣。與 "我" 已經在現場矛盾。

"安步當車" 指以從容的步行代替乘車，與句中的緊急情況矛盾。

"果不其然" 表示符合聽説的情況。

"安居樂業" 比喻安定地生活，愉快地工作。與 "生活" 重複。

"哀鴻遍野" 比喻到處都是流離失所、呻吟呼號的飢民。與 "到處" 重複。

"便宜從事" 指經過特許，不必經過請示，根據實際情況或臨時變化斟酌處理。

他被敵人抓住後，渾身被打得遍體鱗傷。

👍/👎

隨着節目的開播，她的名字不脛而走。

👍/👎

冬去春來，夏隱秋至，一年四季，週而復始，變化無常。

👍/👎

有的出版社出不了好的作品還不置可否，聽不進讀者的批評。

👍/👎

這場比賽可謂波瀾不驚，小明苦戰五局，才擊敗對手。

👍/👎

放眼望去，滿山的杜鵑花姹紫嫣紅，真是美不勝收。

👍/👎

中日韓三國參加這次圍棋比賽的運動員，水平都在伯仲之間。

👍/👎

突如其來的大海嘯讓毫無防備的海邊居民措手不及。

👍/👎

句義重複。"**遍體鱗傷**"指的是滿身的傷痕像魚鱗一樣密，形容傷勢很重。和文中的"渾身"重複。

"**不脛而走**"比喻消息無需推行宣傳，就已迅速地傳播開去。與句中的"隨着……"相矛盾。

"**變化無常**"指事物經常變化，沒有規律，與句中"週而復始"矛盾。

"**不置可否**"指不表明態度。與後文"聽不進讀者的批評"矛盾。

前後矛盾。"**波瀾不驚**"比喻局面平靜、形勢平穩，沒有甚麼變化或曲折。與句中的"苦戰""終於"矛盾。

"**姹紫嫣紅**"形容各色嬌艷的花，不能單用於某一種花。

"**伯仲之間**"指兩個人之間才能、勢力不相上下，和"中、日、韓"三方相矛盾。

語義重複。"**措手不及**"指事出突然，來不及應付，與句中的"毫無防備"語義重複。

我和他單槍匹馬參加市運動會，奪得跳遠冠軍。

👍/👎

他親自耳聞目睹了這次事故的經過。

👍/👎

眾多的山峰，鼎足而立，撐起青天。

👍/👎

圍棋大師經常走出一些出其不意的妙招，使對手防患未然。

👍/👎

新興商城才開張，對面大廈又敲響了鑼鼓，兩家店形成了鼎足之勢。

👍/👎

為了提高學生的語文素質，李老師工作非常勤奮，常常廢寢忘食。

👍/👎

好的文章只要讀得多了便耳熟能詳。

👍/👎

他一心想向上爬，這次被提拔，他感激涕零地流下眼淚。

👍/👎

前後矛盾。"**單槍匹馬**"是指一個人上陣，而"我和他"是兩個人。

語義重複。"**耳聞目睹**"本身就是親眼看到、親耳聽到，和"親自"重複。

"**鼎足而立**"指像鼎的三足分立那樣，比喻三方面對立的局勢，與"眾多"矛盾。

前後矛盾。"**防患未然**"是指在事故或災害發生之前就加以防備，和"出其不意"矛盾。

"**鼎足之勢**"指三方面局勢，不能用來指"兩家"。

"**廢寢忘食**"指顧不得睡覺，忘記了吃飯。形容很刻苦，專心致志。

"**耳熟能詳**"是聽得多了，也就能詳盡地說出來，和句中的"讀"矛盾。

語義重複。"**感激涕零**"指因感激而流淚，和"流下眼淚"重複。

對方故意說得含糊其辭，企圖減輕罪責，甚至蒙混過關。

👍/👎

這件事，她一直講得津津樂道。

👍/👎

對方技高一籌，節目很有趣味，令人耳目一新。

👍/👎

培養孩子良好的生活習慣，不是舉足輕重的小事，絕不能掉以輕心。

👍/👎

他在哲學上造詣極深，所以才能見仁見智，寫出有價值的論文。

👍/👎

沒有得到過所謂"不說話的老師"——詞典指教的人，絕無僅有。

👍/👎

夜深人靜，小明獨自子然一身地匆匆穿過小巷。

👍/👎

神舟載人飛船的成功發射是中國航天取得的又一空前絕後的成就。

👍/👎

語義重複。"含糊其辭"形容有顧慮，不敢把話照直說出出來，和"說"重複。

語義重複。"津津樂道"意為很感興趣地談論，已經包含"講"的意思。

"技高一籌"形容雙方比較，稍強一些，技術高人一等。

"舉足輕重"指處於重要地位，一舉一動都足以影響全局，應該改為"無足輕重"。

"見仁見智"指同一問題各人從不同角度持不同的看法。

"絕無僅有"形容極其少有，不是絕對沒有的意思。

"孑然一身"指孤單一人，與句中的"獨自"重複。

"空前絕後"指從前沒有過，今後也不會再有。形容獨一無二的成就或不平常的盛況。與句子中的"又"矛盾。

這位教授提起法律訴訟案件就口若懸河講個不停。

👍/👎

人們的文物保護意識日益增強，自願捐獻文物給博物館的也屢見不鮮。

👍/👎

我終於考上了大學，總算沒有辜負班主任苦口婆心的教導。

👍/👎

有的語文教學方法屢試不爽，效果不盡如人意。

👍/👎

這一夥人，狼狽為奸，幹盡壞事，終於受到了法律的制裁。

👍/👎

春天來了，漫山遍野，到處都是盛開的鮮花。

👍/👎

這些名勝古蹟令人流連忘返，不願回去。

👍/👎

昨天他把公事包弄丟了，今天一直是茫然若失的樣子。

👍/👎

語義重複。"**口若懸河**"形容能言善辯,與"講個不停"重複。

"**屢見不鮮**"指常常見到,並不新奇。

"**苦口婆心**"比喻善意、耐心、反覆地勸導。

前後矛盾。爽:差錯。"**屢試不爽**"指多次試驗都不錯。

"**狼狽為奸**"指互相勾結做壞事,只指兩方,與"一夥人"矛盾。

語義重複。"**漫山遍野**"指山上和田野裏到處都是,與"到處"重複。

語義重複。"**流連忘返**"比喻喜歡、迷醉某種事物而不願返回或離開,與"不願回去"重複。

前後矛盾。"**茫然若失**"形容精神不集中、恍惚,若有所失的樣子,與"他把公事包弄丟了"矛盾。

依我的門戶之見，要想搞好學習，有問題時應及時向老師請教。

👍/👎

有人說他們兩個是莫逆之交，其實他們的感情一向就很好。

👍/👎

他話音剛落，周圍的人便拚命地叫好，其他的人也面面相覷。

👍/👎

他樂不可支，笑醒了，原來是一場南柯一夢。

👍/👎

作為一名律師，你要捫心自問是否對得起"正義"二字。

👍/👎

你看他雙眉緊鎖，恐怕真是有甚麼難言之隱的苦衷。

👍/👎

他已在報紙上發表了好幾篇散文，真是妙手偶得啊！

👍/👎

我經常被書中精彩的情節感動，時不時地拍案而起，擊節叫好。

👍/👎

邏輯矛盾。"**門戶之見**"指因派別不同而產生的成見，"我"一個人不存在"門戶"之差。

語義矛盾。莫逆：沒有抵觸，感情融洽；交：交往，友誼。"**莫逆之交**"指非常要好的朋友。

"**面面相覷**"形容人們因驚懼或無可奈何而互相望着，都不説話，與"叫好"矛盾。

語義重複。"**南柯一夢**"本身含有個"一"字，它的前面不能再加上數量詞。

捫：摸。"**捫心自問**"指摸着胸口自問，毫無慚愧之處，形容心地坦然，光明正大。不能用作"捫心自問的自責"。

語義重複。"**難言之隱**"指難以説出口的原因或事情，與"苦衷"重複。

句義矛盾。"**妙手偶得**"指偶然得到一次，與"好幾篇文章"矛盾。

"**拍案而起**"形容非常憤慨，與句子的意思相矛盾。

我們倆分別將近十年，想不到在這裏萍水相逢。

👍/👎

卓別林的表演使人忍俊不禁地笑了起來。

👍/👎

集合哨已經響了，他還在七手八腳地收拾行李。

👍/👎

她本來就很膽小，聽了同學的議論訓斥，便覺得如芒在背，不敢抬頭。

👍/👎

我們對對方提出的要求一定要慎重考慮，做到輕諾寡信。

👍/👎

出發之前，校長三令五申地強調一定要保證學生的安全。

👍/👎

為了等他的朋友，他一個人煢煢孑立在那兒一個多小時了。

👍/👎

商場營業面積大幅增加，但購物者卻寥寥無幾，出現了僧多粥少的局面。

👍/👎

語義矛盾。"萍水相逢"比喻素不相識的人偶然相遇，與"分別"矛盾。

語義重複。"忍俊不禁"指忍不住笑，和"笑了起來"重複。

語義矛盾。"七手八腳"形容大家一起動手，人多手雜的樣子。

芒：芒刺。"如芒在背"指好像芒刺扎在背上，形容惶恐不安。不能用作"好像如芒在背"。

語義矛盾。"輕諾寡信"指輕易答應人家要求的，卻很少守信用，與"慎重考慮"矛盾。

"三令五申"意思是再三地命令告誡，與"強調"重複。

"煢煢孑立"指一生處境孤單，無依無靠，指一生不指某時。與"一個多小時"矛盾，與"一個人"重複。

句義矛盾。"僧多粥少"比喻供不應求，難以分配，應該改為"粥多僧少"。

他的演說不僅內容充實，而且閃爍其辭，全場觀眾無不為之動容。

👍/👎

金庸接受記者專訪，説"書"論"劍"，説話中談笑風生。

👍/👎

一場大火，309個生靈塗炭，這一災難震驚四方。

👍/👎

幾天來，他一直在通宵達旦地工作。

👍/👎

如果能掌握科學的學習方法，就會收到_____效果。
A. 事倍功半
B. 事半功倍

金庸是聞名遐邇的武俠小説大師。

👍/👎

這支股票自上市以來一路狂跌，勢如破竹。

👍/👎

真是無獨有偶，你剛才説的那種事情，我也遇到過。

👍/👎

語義矛盾。"閃爍其辭"形容説話吞吞吐吐，躲躲閃閃，與"內容充實"矛盾。

語義重複。"談笑風生"形容談話談得高興而有風趣，本身就有"説"的意思，和"説、談"重複。

"生靈塗炭"形容形容百姓處於極端困苦的境地，不能用數詞來修飾。

"通宵達旦"指一夜到天亮，與"幾天"矛盾。

221

"事倍功半"指花費的功夫多，收穫小；"事半功倍"指花費的功夫少，收穫大。

B

遐：遠；邇：近。"聞名遐邇"指遠近都聞名，形容名聲很大。不能用作"海內外聞名遐邇"。

語義矛盾。"勢如破竹"指富有氣勢，節節勝利，沒有阻礙，與"一路狂跌"矛盾。

"無獨有偶"表示兩事或兩人十分相似。

所謂的"綠色生活方式"就是使家裏的每件物品都物盡其用。

👍/👎

候機大廳裏的乘客已經形單影隻，只有清潔工在角落裏做保潔。

👍/👎

他是這一帶很出名的人物，他勇鬥歹徒的故事更是鮮為人知。

👍/👎

櫥窗裏擺滿了各種形形色色的巴比娃娃。

👍/👎

他們一家三口人相濡以沫，美滿幸福。

👍/👎

這是一篇雅俗共賞的糟糕的作品。

他畫的畫一拿到大地方，就顯得相形見絀了。

👍/👎

👍/👎

語義重複。"**物盡其用**"指每個物品都能充分發揮它的作用，與"每件物品"重複。

前後矛盾。"**形單影隻**"形容孤獨，沒有伴侶。

語義矛盾。鮮：少。"**鮮為人知**"指很少被人知道，與"出名"矛盾。

語義重複。"**形形色色**"形容事物的種類多，各式各樣，與"各種"重複。

"**相濡以沫**"比喻人在困境之中以微薄的力量竭力相互救助。該成語適用範圍要注意是用於兩人之間。

前後矛盾。"**雅俗共賞**"形容某些文藝作品既優美，又通俗，各種文化程度的人都能夠欣賞，含褒義，與"糟糕"矛盾。

語義重複。"**相形見絀**"指跟同類的人或事物比較，顯出很不足。與"顯得"重複。

這首歌曲詞優美，為百姓喜聞樂見，真不愧為陽春白雪。

👍／👎

這所大學的學生語文水平實在低劣，傳揚出去，準會被人貽笑大方。

👍／👎

這座橋方便人們的往來，促進了兩地的交流，還成了一道風景，真是一舉兩得。

👍／👎

如有人明知故犯，以身試法，他一定會體會到法律的威力。

👍／👎

他家對着電梯口，如果門開着，家裏的擺設就可以看得一覽無餘。

👍／👎

當主犯被法庭判處十年徒刑時，旁聽席上的人們無不義憤填膺，拍手稱快。

👍／👎

他投身政界，很快成為當地頭面人物，一舉而實現了衣錦還鄉的夢想。

👍／👎

這個傢具店佔地十畝，各類貨品應有盡有。

👍／👎

前後矛盾。"**陽春白雪**"比喻高深的、不通俗的文學藝術，和"百姓喜聞樂見"矛盾。

"**貽笑大方**"指"被內行人笑話"，與前面的"被人"語意上重複了。

"**一舉兩得**"指做一件事得到兩方面的好處，而句中一件事情有三個方面的好處。

"**以身試法**"指明知道法律的規定而還要去做觸犯法律的事情。

語義重複。"**一覽無餘**"形容事物很簡單，一下子就看得清清楚楚。與"看"重複。

"**義憤填膺**"指對於違反正義的事情，發於正義的憤懣充滿胸中。與句中犯罪分子已經伏法矛盾。

語義矛盾。"**衣錦還鄉**"指富貴以後回到故鄉，而"他"沒有離開本土。

"**應有盡有**"指該有的全都有。

新產品出廠週期一般較長，所以新產品的出現還要指日可待。

👍/👎

在少年隊比賽中，用青年隊隊員參賽，簡直是拔苗助長。

👍/👎

一方水土養育出一方的鍾靈毓秀。

👍/👎

對於我們這些平凡普通的芸芸眾生來說，生命同樣可以閃光。

👍/👎

他是犯了大錯，但他不是有意的，罪不容誅，可否不要開除他？

👍/👎

反映現實生活是你們作者責無旁貸的職責。

👍/👎

美國指責中國盜竊美國核機密，顯然是空穴來風。

👍/👎

"**指日可待**"指為期不遠，不久就可以實現。與"週期相對較長"矛盾。

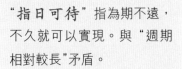

前後矛盾。"**拔苗助長**"比喻違反事物發展的客觀規律，急於求成，反而壞事。讓青年參加少年組的比賽，沒有"長"的意思。

鍾：聚集。毓：生育。"**鍾靈毓秀**"指美好的山川孕育出優秀人才。語義重複。

"**芸芸眾生**"指普通的民眾，與"平凡普通"重複。

"**罪不容誅**"指判死刑還抵不了他的罪惡，形容罪大惡極。

"**責無旁貸**"指自己應盡的責任，不能推卸給旁人。與"職責"語義重複。

"**空穴來風**"常指某種消息和謠言的傳佈不是完全沒有原因的。文中誤解為"毫無根據"。